La tenace exigence d'un idéal

« Ma chère tatie,

Si tu savais à quel point ton soutien est important à ce moment de mon existence ! J'ai l'impression d'être coincée dans le tambour d'une machine à laver, en mode essorage. Je ne comprends pas pourquoi ça m'arrive : l'anéantissement de mon monde au moment où je suis censée vivre les plus beaux instants d'une vie !

J'ai suivi ton précieux conseil : j'ai pris rendez-vous avec une psychiatre. Premier rendez-vous mardi. Mille fois merci pour tout le temps que tu m'accordes.

Je t'espère en forme à New-York. On avait passé de bons moments, à l'époque du bonheur, dans cet appartement spacieux de la cinquième avenue.

Je t'embrasse fort,

Ta nièce, un peu chamboulée en ce moment. »

Mardi 2 septembre, 21 heures : RV Psy / Des mots pour panser les maux

Je m'avance dans la nuit jusqu'au porche éclairé. Je pousse avec difficulté la lourde porte cossue. Les forces me manquent. La fatigue nerveuse me fait trembler souvent depuis quelques semaines. J'y suis. 9 rue de La liberté. Tout un programme. Cette nouvelle « liberté imposée » ressemble pour l'instant à un énorme vide.

Plaque dorée au mur : Docteur Marguerite Baudry.

Pourquoi elle ? Proximité du domicile. Plus précisément du domicile que j'occupe depuis douze ans et dans lequel je suis encore tolérée quelques mois.

Me voilà enfin à ce premier rendez-vous avec elle.

A moins que ce ne soit un rendez-vous avec moi.

Sur la porte, cette consigne « Entrer sans sonner ».

A pas feutrés, le cœur battant, je suis les flèches qui me mènent jusqu'à la salle d'attente, en respirant à peine, pour ne pas déranger. De toute façon, où que je sois, j'ai toujours l'impression de déranger.

La salle d'attente est vide.

Bleue. Du sol au plafond.

Inhospitalière. Du sol au plafond.

Je m'assois sans bruit. Mes doigts gelés tirent nerveusement sur ma jupe. J'ai froid. Surtout en moi.

A quoi ça va servir ? Que va-t-elle changer à ma vie ? Rien, m'a prévenue ma tante. Rien de factuel. En revanche, cette analyse devrait changer mon regard sur mes problèmes, et il paraît que ça, ça change tout. Argument qui me semble bien léger au vu de ma situation catastrophique. Mais étant donné que je n'ai pas d'autres pistes…

Une porte s'ouvre au fond du couloir et j'entends un « Bonsoir, à la semaine prochaine » qui me ramène dans le présent. Dans ce présent que je déteste, que je voudrais fuir.

Machinalement, je serre mon sac contre moi, comme pour me donner du courage, de la force, un peu de chaleur. ELLE raccompagne le « malade à soucis » précédent. Ainsi donc, elle est ponctuelle. Et vu l'heure, j'aime autant.

J'ose à peine l'observer quand elle apparaît enfin sur le seuil de la salle d'attente. J'aperçois une femme de taille moyenne, fine, à l'allure intemporelle. Elle est coiffée d'un carré mi-long, poivre et sel ; pas une mèche ne dépasse. Elle porte un tailleur gris et un foulard de soie noirs qui lui donnent un style à la fois féminin et très british. Elle me sourit, s'avance, me tend la main. Sa poignée de main est sèche, rapide et ferme. Ses mains sont aussi froides que les miennes, mais c'est avec une voix chaleureuse qu'elle m'invite à la suivre dans son bureau.

- Mme Trema ? Bonsoir.

Elle passe derrière son imposant bureau de bois, se cale dans son grand fauteuil de cuir brun craquelé et me fait signe de m'asseoir dans un des deux fauteuils usés qui lui font face. (Lequel choisir ? Mon choix va-t-il révéler quelque chose sur mes tares ?). Elle est belle. Belle et impassible. Impossible de lui donner un âge.

Rictus. Sa façon de me souhaiter la bienvenue ?

Je réponds par un sourire timide (j'ai choisi le fauteuil de gauche).

Son regard est perçant. Je n'arrive plus à le soutenir, alors je me mets à observer la pièce autour de moi. Les couleurs y sont plus chaudes que dans la salle d'attente. Beige, taupe. Sur ma droite, un coin plus gai, dédié aux enfants : table basse, crayons de couleurs, coussins. Eux aussi ont droit à leurs soucis.

Sur ma gauche, un lit : le fameux divan. Immédiatement je me réjouis de ne pas y avoir été invitée, je ne dois pas paraître si folle.
Un grand agenda recouvert de cuir rouge, un minitel, un bloc note et un stylo trônent sur le bureau.

Je reviens sur elle. Toujours aussi impassible, sans expression.

Muette ? Le silence devient gênant.

Au bout de quelques secondes, qui me paraissent une éternité, elle parle. Posément. « *Je vous écoute* ».

J'ai l'estomac noué et je tricote avec mes mains. J'attends tellement de cette rencontre.

- *Bonsoir. Elisabeth Tréma. 31 ans. J'ai pris rendez-vous parce que ça ne va pas très fort.*

- *Hum hum.*

Je me suis promis de jouer le jeu, pour aller mieux, pour que tout redevienne tranquille et harmonieux, comme avant, donc se lancer.

- *Je me sens,* -j'hésite, comment décrire cet état de détresse générale ?- *mal.* Je n'ai pas trouvé mieux. *Mal. Je me sens mal. Je n'arrive pas à maîtriser ma tristesse, la fatigue qu'elle engendre. Ma vie m'échappe et je n'ai pas les clés pour changer ce désastre. J'ai peur. Ça fait des semaines que cela dure. Voilà. Je voudrais aller mieux.*

- *Hum hum.*

- *Voilà.*

- *Hum hum.*

(« Hum hum », elle est sérieuse là ?).

Elle joint les mains sous son menton et me transperce de son regard.

Blanc.

Blanc de chez blanc…

- *Continuez,* suggère-t-elle.
- *Comment ?*

- *Pourquoi consulter ? Pourquoi une thérapie ?*
- *Pour aller mieux. Comme je viens de vous le dire.*

Blanc.

…

Blanc chiant. Oh tiens, ça rime en plus !

Par un mouvement du bras et du visage elle me fait signe d'aller de l'avant. Me faisant ainsi comprendre qu'elle ne parlerait pas.

Su-per.

Je réfléchis à l'image que je dois lui renvoyer. A peine peignée, les traits tirés, pâle, le regard vide, triste, mal fagotée sur une maigreur cadavérique. Alors qu'il y a quelques mois j'étais belle, pétillante, confiante…

- *Peut-être pourriez-vous me prescrire des antidépresseurs ? Ou d'autres médicaments ?* (Style poudre magique, désensorcellement, un truc du genre).

- *Non, je ne suis pas favorable à la prescription de médicaments. Je pense que les mots soignent mieux les maux que la chimie.*

- *Alors pardon… mais que vous dire ?*

- *Ce qui vous passe par la tête.*

Oula. 21h15 et Sigmund Freud commence déjà à me gonfler. Et paradoxalement ça me redonne un peu de niaque.

- *Pardon mais là va falloir me guider un peu. Je suis anéantie parce que, il y a un an, quand j'ai annoncé à mon mari que j'étais enceinte, il m'a répondu « Puisque tu as mis quelqu'un entre nous, moi aussi ».*

La psy se raidit sur son fauteuil et je vois qu'elle retient un rictus de surprise. Ah, elle aussi elle trouve ça violent.

- *Ça a été un choc, énorme, une déflagration même. Mais je n'ai pas voulu entendre. Je me suis persuadée que ça n'était pas sérieux, une passade. Sauf que là il entame les démarches du divorce ! Je n'arrive pas à réaliser. C'est comme si j'assistais à ma vie au lieu de la vivre, parce que cet acte, je n'en veux pas ! Je n'en dors plus la nuit, je n'arrive plus à me concentrer. Je suis épuisée nerveusement et physiquement. Je me demande si cette, euh, comment dire ? Cet état ? Peu importe, je pense cette dépression qui explose aujourd'hui ne devrait pas exister ! Faut que ça s'arrête. Je n'ai pas le temps, pas envie, ce n'est pas le bon moment ! On vient d'avoir un bébé ! Il faut que ça s'arrête, que je rebondisse, que mon mari change d'avis.*

Elle m'écoute attentivement mais ne dit rien. Toujours rien.

- *Comment ça va se passer la thérapie ? Dois-je commencer par mon enfance ? Comme dans les films ?*

- *Si vous voulez.*

Toujours aussi impassible. L'insolente se met d'ailleurs à prendre des notes. Pas une réaction.

Plus un mot.

On va avoir un problème. Parce que je ne veux pas parler à un mur. Ça, je le fais suffisamment à la maison. Un peu trop souvent d'ailleurs. Je pensais qu'elle m'aiderait, que j'aurais un retour, des conseils, une formule magique, quelque chose (au prix de la consultation, c'est un minimum). Alors je le lui dis. Avec plus d'élégance. De détresse aussi.

- *Docteur, s'il vous plait, faites-moi gagner du temps. Donnez-moi des conseils, des outils pour résoudre cette crise. Ce que je traverse est trop douloureux. Sans compter que mon tout petit doit ressentir ce malaise et que ça remet en cause tout ce que j'avais planifié pour son enfance, la base de sa vie !*

- *Je suis psychiatre lacanienne. Il n'y aura que peu d'échanges. Dites-moi pourquoi ça ne va pas.*

Alors moi je suis clitoridienne et vaginale, on en parle ? Pardon, mais j'ai l'impression qu'une digue lâche. Pas comme j'aurais voulu que ça lâche. Sans baguette magique, sans formule de marabout pour ramener l'homme à la maison, à la raison. Et à ce moment-là, j'ai fondu en larmes.

Ma chère nièce, Une vie de maux passants ?

Tu sais le lien fort qui nous uni ; être une épaule pour toi en ce moment est bien le moins que je puisse faire. Je te félicite pour cette démarche entamée.

Si cela peut t'aider, regarde un peu ta vie de l'autre côté de la lorgnette. Tu peux choisir de voir une vie ratée, ou bien un chemin jonché de quelques tests. Sois douce et factuelle avec toi : tu ne les as pas trop mal réussis, ces épreuves ! Plutôt bien d'ailleurs ! A partir de maintenant, ne subis plus : décide de transformer les obstacles en merveilleuses occasions de te réinventer ! Tu as toujours su très bien t'adapter. Aies confiance en toi. Retourne un peu dans ton passé. C'était le chaos dans la vie de tes parents quand tu as pointé le bout de ton nez. Et tu penses que tout part de là. Alors, d'abord, tu n'es pas obligée de porter leur histoire. Cette génétique-là, tu peux la lâcher, profites-en ! Mais dis-toi qu'ils ont fait de leur mieux avec leurs données.

Tes deux parents étaient tellement beaux quand ils étaient jeunes : ton père, grand, musclé, brun avec des yeux bleu azur mis en valeur par une peau bronzée tout au long de l'année, des dents blanches bien alignées, et ta mère, ma sœur, si elle n'était pas très grande, elle était drôlement bien roulée ! Dans son maillot de bain à volants, cette impertinente brunette à l'épaisse crinière bouclée qui descendait en cascade jusque sur ses fesses rebondies, arborait de jolis muscles ronds, un large sourire et des grands yeux noisette en amande. Un clone de ces pulpeuses vedettes italiennes, un mélange de Gina Lollobrigida et de Sophia Loren. Une sauvageonne des conventions sociales, qui aimait danser le rock et le twist, se déhancher sur les musiques yéyé, chanter, rire, faire la fête, se baigner dans les criques de La Ciotat, se faire bronzer et draguer gentiment par les ouvriers du chantier naval et ses voisins de la cité ouvrière. Vois que tu prends ta beauté, ta bonne humeur, ton goût de la liberté, tes valeurs de tolérance d'eux. Ainsi que leur capacité à rebondir : parce qu'eux, des galères et des mauvaises données au départ, ils en ont eu un paquet ! Entre ton père déshérité parce qu'il avait divorcé de sa première épouse et ta maman issue de l'immigration italienne, ils ont eu leur lot ! Tu diras qu'ils ont vécu trop de malheurs, mais ils sont toujours là, et optimistes ! Ils ont tour à tour gagné beaucoup d'argent ou croulé sous les dettes, mais vois le côté positif : ils ont su s'adapter, se réinventer souvent, rebondir.

Et puis, repense à ton enfance ma chérie. Tu as eu le sentiment que tes parents t'avaient abandonnée parce que c'est mamie Marie qui vous a élevé ta sœur et toi. Mais tes parents tenaient un bar ! C'était plus facile pour tout le monde et ça se faisait beaucoup, à l'époque, de confier ses enfants aux grands-parents. Honnêtement, elle a été si difficile cette enfance ? Tu sais, ta maman venait vous embrasser et vous border tous les soirs chez mamie. Ils ont été des travailleurs acharnés, n'oublie pas ça. Et ils ont été très accueillants et généreux avec moi. Ils m'ont hébergée plusieurs mois après mon divorce avec Paul et au début de mon histoire avec Yves.

Allez, écris-moi une lettre dans laquelle tu me racontes ton enfance avec le regard juste. Trouves-y de bons souvenirs, réalise que, contrairement à ce que tu penses, elle n'était pas « si terrible ». C'est l'angoisse que tu traverses en ce moment qui te met ces lunettes biaisées. Contrains-toi à ce travail, pour te construire un pilier solide.

Pour le reste, je comprends que le divorce te fasse peur. Avec un bébé, qui a des problèmes de santé de surcroit. Mais tu sais, personne ne vit sa vie rêvée. Tu sauras faire face. Tes parents, justement, ne demandent qu'à t'aider. Laisse-leur cet espace. Tout le monde sera gagnant. Et si ton mari te quitte maintenant, c'est que c'est un con. Et personne ne doit regretter un con ! Tourne la page.

Je t'embrasse bien fort,

Ta tatie qui t'aime, et qui s'adapte de mieux en mieux à la vie new-yorkaise. Je rencontre des artistes formidables. Tu sais qu'hier j'ai passé l'après-midi avec Paul Auster ? Il faudra que je te parle de ça. Et tous les jours, en sortant de l'ambassade, Yves s'arrête discuter avec Andy Warhol ! Quel drôle de personnage. Son atelier est sur le chemin de la maison. Il faudra que tu reviennes nous voir.

Mardi 9 septembre – RV psy / Les lumières du passé éclairent le présent

20h55. Moi, toujours aussi fatiguée, triste, perdue, congelée.

21h. Elle, toujours aussi ponctuelle, froide, belle.

- *Bonsoir.*
- *Bonsoir.*

(Dialogue riche.)

- *Je vous écoute.* Elle attrape son bloc papier et son stylo.

Super, dans deux minutes elle va faire « Hum hum ». Vite, dire quelque chose avant d'avoir envie de lui faire bouffer son carnet de notes.

- *Vous savez, cet ectoplasme que vous avez devant vous, ça n'est pas ce que je suis vraiment. Ce drame que je traverse, je ne l'ai pas provoqué. Elle était vraiment bien, ma vie d'épouse. Ça n'est pas moi qui ai un problème !*

- *Hum hum.*

Il n'était pas un peu fourbe cet « Hum hum » là ?! Je m'en fous, je continue.

- *Il faut vraiment que vous me donniez un tuyau pour que mon mari revienne à la raison. Il se fait manipuler par cette nana qui brise notre vie, fracasse l'arrivée de notre enfant, il faut que ça s'arrête, et vite !*

Blanc.

Je m'en re-fous je ne parlerai pas la première !

Blanc.

Rien à cirer. Tu vas la cracher ta formule magique qui fait revenir l'homme à la maison ?

Blanc.

C'est sympa le blanc. Encore que, y'a ce débat, c'est une couleur ou pas ?

- *Voulez-vous qu'on arrête ? Vous payez l'heure entière. C'est vous qui voyez.*
- *Hum hum.* Oh ! c'est moi qui l'ai fait, ce « hum, hum » là ! Puisque c'est comme ça, je vais lui enfoncer son crayon dans les yeux !

Je souffle. Je n'ai pas la force en fait. Ni d'en rire, ni de lui enfoncer le crayon dans les yeux. Sans comprendre pourquoi, les larmes montent doucement. J'ai honte, mais je pleure.

- *Racontez-moi votre histoire avec monsieur,* me suggère-t-elle avec douceur en me tendant un mouchoir.

Alors je me suis lancée. Je lui ai raconté comment à 17 ans j'étais tombée amoureuse d'un beau jeune homme de 19 ans. Comment, petit à petit, nous avions construit notre amour, que nous croyions naïvement indestructible, tellement cette relation créait en nous l'arrogance et l'illusion classiques de se sentir différents des autres. Combien notre passion fut forte, notre complicité profonde, avec ces regards qui n'ont plus besoin de mots, des mots qui créaient des échanges formidables. Comment notre épanouissement sexuel allait grandissant. Toute l'admiration que nous avions l'un pour l'autre. Comment nous respections l'intégralité de chacun tout en ne faisant qu'un, un « nous » harmonieux, inspirant. Comment des différences fondamentales dans le futur envisagé étaient supposément maîtrisées. Comment cet homme allait réparer mon manque de confiance, faire naître la femme, puis la mère, pour, ensuite, en quelques semaines, tout anéantir.

J'ai rencontré Georges dans un bal d'été. Il m'a plu dès que je l'ai aperçu. Grand, brun, vêtu d'une chemise rose clair qui mettait en valeur ses yeux gris d'une infinie douceur, dissimulant à peine son torse musclé, et d'un pantalon à pinces gris qui laissait deviner de jolies fesses rondes. Toute la soirée nous nous étions observés, souris, et au moment de partir nous avions échangé le numéro de téléphone de nos parents (à l'époque, un seul téléphone fixe pour toute la famille). Nous avions passé l'été à trainer à la plage, avec nos amis. Pour la première fois de ma vie, j'avais des discussions profondes avec un autre être humain. Il s'intéressait à tout. Et, joie inespérée, mon opinion lui importait. Il lisait, se documentait, la faune et la flore, la galaxie, l'infiniment petit et l'infiniment grand, tout ça le passionnait. Moi je buvais ses paroles, mais pas que. Je m'autorisais à être moi, à partager mes idées, à nourrir la réflexion. Chaque heure loin de lui était une torture. Chaque minute à ses côtés était un paradis. Il a fallu attendre le mois de mars de l'année d'après et une sortie en boîte de nuit (exceptionnellement accordée par mes parents) pour que, sur un slow langoureux (quelle merveilleuse époque, le temps des slows), il se décide à m'embrasser.

Notre histoire a grandi doucement, rythmée par mes années lycée. Il était doux, patient, amoureux. On s'écrivait tous les jours, on se donnait également des rendez-vous téléphoniques. Parfois, il me faisait la surprise d'une visite. Au prétexte de faire un tour de moto, il venait me voler quelques baisers entre deux révisions. C'était frais, solide, harmonieux. Naturellement, le bac en poche, il m'a demandé de continuer mes études dans sa ville. Naturellement, parce que j'étais amoureuse, j'ai renoncé à mes études de droit sur Marseille, je me suis inscrite en BTS à Toulon, où nous avons aménagé ensemble. Notre premier appartement ! Quelle aventure ! Il travaillait déjà et j'avais une bourse. Il faisait les courses, le ménage, les comptes, la cuisine. J'étais choyée, encouragée dans mes études, soutenue, aimée. Une vraie princesse. Nous avions récupéré des meubles à droite à gauche, et ma grand-mère m'avait donné sa voiture. On construisait tranquillement et amoureusement notre vie. Je découvrais les délices de la sexualité grâce à lui, je lâchais mes peurs, je m'épanouissais. Le vilain petit canard devenait une jolie jeune femme. Très vite je décrochais un job intéressant à la Chambre de Commerce (aider les futurs créateurs et repreneurs d'entreprises à monter leur bilan prévisionnel) et faisais mes études en parallèle. Un master en gestion, un autre en management. Je réussissais tout ce que j'entreprenais. Nous nous sommes mariés pour mes 22 ans. Et nous avons acheté un grand appartement. J'avais décroché un CDI. Il montait les échelons. J'étais tellement heureuse. Tout était parfait.

Tout. Ou presque tout.

Je rêvais bébé. Mon envie d'avoir un, des enfants, était aussi grande que son envie de ne pas en avoir. Au début de notre relation, je mettais son refus de paternité sur le compte de notre jeune âge.

Et puis, au fil des mois, des années sans pilule et avec deux fausses couches -qui me déprimaient et le soulageaient- j'ai dû faire un choix : renoncer à mon désir de maternité ou renoncer à mon couple.

Dix ans avaient passé. Nous avions beaucoup voyagé, un mois New-York, ville à la frénésie fascinante, l'Afrique du nord où nous allions nous reposer à Sousse, Hammamet, Djerba, cinq fois en Inde, dans le Rajasthan, où nous allions faire du yoga, et un mois en Australie où j'aurais volontiers immigré tellement j'ai tout aimé sur la côte est que nous avons exploré en van de Sydney à Cairns. Balade à cheval dans les blue mountains, des kilomètres à pied à visiter les grandes métropoles que sont Sydney et Brisbane, villes tellement plus agréables à vivre que les nôtres. La nature y est omniprésente, les bâtiments sont beaux, les rues sont propres, et l'équilibre travail-loisir me donnait envie. George n'envisageait d'habiter loin de ses parents. D'ailleurs, nous avions revendu l'appartement et nous habitions une jolie maison appartenant à mes beaux-parents et mitoyenne à la leur. Un couple charmant, attentionné, qui m'apportait la stabilité familiale qui m'avait tant manquée. Georges faisait beaucoup de sport, je faisais de la peinture sur soie, du bricolage, du jardinage. Ensemble nous faisions du yoga, de la méditation, de la randonnée. Nous discutions toujours autant. Une harmonie (presque) parfaite. La décision à prendre était cornélienne : il était tout pour moi. Mon meilleur ami, mon confident, mon roc, mon amoureux, mon mari, mon amant. Mais ce désir de maternité devenait viscéral. Il s'imposait à moi, ça devenait obsessionnel. Chaque mois, l'arrivée de mes règles était vécue comme un drame. Petit à petit je voyais le « nous » disparaître avec un déchirement infini, mais tout cela m'échappait.

Il a fallu neuf mois à Georges pour réaliser qu'il me perdait. Et l'horrible épreuve de ma deuxième fauche couche. Du haut de mes 28 ans, euphorique d'être enceinte, projetant tant sur ce petit ventre qui s'arrondissait, arborant avec fierté une poitrine qui n'arrêtait pas de grossir, enjouée pour deux, pour que mon bonheur l'enivre à son tour, j'allais, le sourire aux lèvres à ma première échographie, aux bras d'un Georges tendu comme un arc. J'avais tellement hâte de voir ce petit fœtus de trois mois. Je découvrais avec satisfaction sa tête, son corps, ses petits membres qui poussaient. C'est le visage grave du gynécologue qui m'a fait redescendre de mon nuage. Ses mots, pourtant choisi avec délicatesse, ont fini de me projeter à terre : le cœur de ce petit être battait irrégulièrement. Ça n'était pas bon signe. Il nous fallait revenir dans une semaine pour confirmer le diagnostic. Sept jours et sept nuits à espérer, prier, et ne pouvoir penser à rien d'autre. Et une minute pour apprendre, seule (Georges avait prétexté un rendez-vous professionnel pour ne pas m'accompagner), que son cœur s'était arrêté… Etaient-ce ma tristesse infinie, les souffrances physiques de l'avortement qui ont influencées Georges ? Toujours est-il qu'au bout de neuf mois de réflexion, il a pris la décision de sauver le « nous », et c'est ainsi que nous avons entamé le long et humiliant parcours du combattant pour avoir un enfant : la procréation médicalement assistée. Un nouveau cycle de neuf mois : neuf mois d'examens plus intrusifs les uns que les autres.

- *Il est 22h. Nous allons en rester là. Je vous revois mardi prochain, même heure. D'ici là, réfléchissez à ça : êtes-vous tombée amoureuse de Georges pour ce qu'il est vraiment ou parce qu'il vous semblait être le partenaire idéal de votre propre projet de vie ? Et finalement, qui a été à l'origine de la fin de la fusion ?*

Bam.

Elle ne parle pas beaucoup la lacanienne, mais quand elle parle…

Ce soir-là, dans ce grand lit que j'occupe seule depuis quelques semaines, -Georges partant à 20 heures après avoir passé une heure avec son fils, s'être douché, parfumé, changé et revenant peu avant 6 heures du matin s'allonger dans la chambre d'amis, passer trente minutes avec son fils et repartir travailler-, ce soir-là donc, impossible de dormir malgré une barre de Lexomil.

Mon merveilleux bébé dort du sommeil du juste derrière la cloison, dans cette jolie maison, et je repense à toutes les épreuves qu'il a fallu surmontées pour qu'il soit là, moi qui fus incapable de faire un enfant naturellement…

Echographies intravaginales, radiographies in utero, prises de sang, relevés de température matinaux, spermogrammes pour monsieur, et le fameux test de compatibilité qui rend l'amour tellement naturel : réveil à 3h30, faire l'amour, se rendormir, et à 7h30 aller au laboratoire pour savoir si les fluides de madame n'anéantissent pas les fluides de monsieur.

Je me pliais à tous ces examens, bien sagement, en espérant que ça débouche sur une solution, tout en gérant sa nouvelle mauvaise humeur « *Si tu crois que je n'ai que ça à faire : aller me masturber dans une pièce blanche à 50 km de la maison* ». Ah ben oui, c'est vrai que prendre une caméra dans le vagin qui monte jusque dans l'utérus, à côté, c'est du gâteau…

Je planche sur l'interro de Freud. MON propre projet ?

Il était quand même un peu impliqué pour aller se masturber seul dans une pièce blanche à 50 km de la maison ?! Trois fois. Les résultats étaient « trop bons, l'examen avait dû être mal réalisé ». Il était quand même un peu impliqué à 3h30 pour faire l'amour avant le test de compatibilité !!!

Ma tatie qui éclaire d'un regard différent mon enfance,

Tu as raison : elle n'était pas si mal mon enfance ! Tu m'as demandé d'y retourner un peu, accroche-toi, j'y ai fait un joli plongeon.

Quand Roxane est née, j'avais 22 mois. Autant dire que je l'ai toujours connue. C'est à ce moment-là que mes parents ont pris la gérance du bar. De fait, elle et mamie sont devenues mon univers quotidien, entrecoupé des passages au bar. C'était un monde tellement différent pour nous deux : le jukebox tournait à plein, couvert par les bruits du babyfoot, les rires des abonnés, de joyeux drilles de toutes origines sociales. C'était la joie, le partage, les bonnes bouffes, et beaucoup de travail pour mes parents. Mamie avait raison « un bar n'est pas un endroit pour élever des enfants », trop de bruits, de fumée, pas d'horaires compatibles avec une vie de famille, avec l'école.

Mes souvenirs du bar c'était ces glaces incroyables, carrées, vanille-fraise, entourée de deux gaufrettes. C'était aussi les coupes deux boules/chantilly, les tubes Yéyés, ce beau carrelage en ciment aux motifs fleuris plein de charme, la vue sur le port, les bateaux, et la formidable fête foraine qui venait tous les étés, avec de généreux forains qui nous offraient des tours de manège gratuits et de délicieux beignets aux pommes, car nous étions les « petites du bar ». Il paraît que, pour moi, c'était aussi vider en cachette les fonds de verres laissés par les clients sur la terrasse (classe), faire pipi en pyjama dans le caniveau devant le bar (super classe), et quémander aux adultes de me laisser jouer avec eux au flipper (envahissante).
Cette partie, je l'estime à 5 % de mon enfance. La réalité est toute autre, et elle a plusieurs visages. En majeur, c'est

beaucoup de temps dans les jupons de mamie. Mon ange. Ma gardienne. Jamais un mot plus haut que l'autre, douce, discrète, cuisinière hors pair, qui nous chouchoutait de ses bons plats. En semaine elle faisait souvent des soles grillées, des ravioli maison, ou à l'automne de la polenta sauce tomate avec des champignons cueillis à la colline (des safranés que l'on passait des heures à chercher, souvent avec papa et maman d'ailleurs) agrémentée des saucisses grillées. Et puis il y avait les rituels des dimanches. Tous les dimanches, elle nous réunissait autour du traditionnel déjeuner dominical. T'en souviens-tu ? Nous, c'était ma sœur et moi, évidemment, puisque nous vivions chez elle, mes parents, et à tour de rôle, certains oncles, tantes, cousins et cousines, quand ils étaient en vacances ou en déplacement dans le sud. J'aimais tellement quand tu étais là ! J'ai adoré les mois au cours desquels tu as habité avec nous quand tu as divorcé, avant que tu n'ailles chez les parents. Au fil des années, Georges et le fiancé de Roxane ont agrandi le cercle familial. Tous les dimanches, on se retrouvait autour de la table de salle à manger, qu'elle avait étirée grâce à trois rallonges. La vaisselle en porcelaine blanche ornée d'épis de blé dorés était de sortie, ainsi que les verres en cristal ciselé et la jolie ménagère en argent, vestiges d'une époque qui avait dû être faste. La nappe blanche brodée et les serviettes assorties avaient été soigneusement repassées.

Tous les dimanches, un joyeux brouhaha animait cette famille d'immigrés italiens qui riaient de bon cœur, chahutaient, profitaient des retrouvailles pendant qu'elle faisait mille aller-retour entre la salle à manger et la cuisine.

Comme je regrette de ne pas l'avoir chaleureusement remerciée pour tout cet investissement, ces efforts, cet amour offert de bon cœur. Ces beaux moments de partage me manquent. Emploi du temps chargé, éloignement géographique, travail, toutes les excuses sont bonnes. On ne priorise plus l'essentiel. On s'éloigne de nos aînés et les uns des autres, sans se rendre compte que le temps passe vite et puis un jour, ils ne sont plus là et les regrets, les remords sont inutiles... Une fois papa m'avait dit « C'est comme ça la mort. Tu les as au téléphone la veille, et le lendemain, tu appelles, et plus personne ne répond. Tu entends leur voix sur le répondeur, mais ils ne sont plus là. C'est fini, tu ne les entendras, ni les verras plus jamais. »

La chorégraphie du déjeuner dominical, bien orchestrée, commençait la veille. Mamie se levait tôt le samedi pour aller faire des ménages au centre médical de La Ciotat. On l'entendait partir vers 4 heures du matin, quelle que soit la météo, quelle que soit la saison. On attendait le bruit sourd du loquet et, rassurées d'être enfermées à double tours, on se rendormait jusqu'à son retour, vers huit heures. Elle revenait à pied du centre-ville, avec, dans son panier en osier, un bon rôti de bœuf acheté chez le boucher du quartier, La boucherie du Vallat de Roubaud, qu'elle avait élue meilleure boucherie de La Ciotat. Puis, comme chaque matin, elle nous préparait notre petit-déjeuner : des tartines de carré frais Gervais ou de Kiri, un fruit, un bol de lait (auquel je ne touchais jamais et que ma sœur buvait à ma place), un jus d'oranges.

En vue de recevoir au mieux ses invités, elle s'activait dans la maison : elle briquait chaque recoin à l'eau de javel pendant qu'on faisait nos devoirs. Elle aimait que tout soit propre, désinfecté, rangé. Vers 16 heures, après le gouter, -souvent du pain, du beurre, du sucre et du cacao Van Houten-, elle ressortait pour aller faire le reste des commissions. Un saut chez Mario, dont la petite épicerie fort bien achalandée se trouvait pile en face de notre HLM, dans ce quartier ouvrier construit à deux pas des criques du Mugel et de Figueroles. Puis elle faisait quelques mètres de plus pour récupérer sa commande du matin chez monsieur Ducros, maître pâtissier : une barquette de chantilly bien épaisse et un paquet de chouquettes qu'elle servirait à la fin du déjeuner, avec le café.

Le soir, on dînait d'une soupe de légumes maison, souvent un minestrone ou une soupe au pistou. Puis, nous nous calions toutes les trois sur le canapé en velours ras vert bouteille, sous une épaisse couverture de laine et nous regardions l'émission de variétés « Numéro un » de Marité et Gilbert Carpentier et « Au théâtre ce soir » en riant à gorge déployée des facéties de Darry Cowl, Roger Pierre, Pierre Dux, Jean Poiret, l'élégante Danièle Darrieu (qui ressemblait tant à mamie), les voix inoubliables et les jeux envolés de Micheline Dax, Jacqueline Maillant, Axelle Abbadie et tant d'autres. Avec la fameuse phrase de fin « Les décors sont de Roger Harth et les costumes de Donald Cardwell ». C'était une parenthèse enchantée. Un moment où le temps s'arrêtait. Rire ensemble, serrées les unes aux autres, c'était oublier la médiocrité de nos destins, l'absence des parents, un pied de nez à l'argent qui manquait souvent et aux soucis de santé.

Le dimanche matin le ballet des casseroles et autres ustensiles pouvait commencer. Après une toilette soigneuse, elle attachait ses cheveux grisonnants en chignon bas, passait un tablier sur sa blouse d'intérieur fleurie, elle-même superposée sur sa combinaison de nylon couleur chair. Elle enlevait son alliance et sa bague de fiançailles et elle s'enfermait dans la cuisine. La chance, pour Roxane et moi, c'est que le mur de séparation d'avec la salle à manger était en parti vitré. Même afférée à ces fourneaux, elle était un peu avec nous. Cela nous rassurait autant que cela nous enchantait de voir cette douce et dynamique mamie préparer des mets savoureux. En dégustant mes tartines je l'observais du coin de l'œil laver les pommes de terre, les tomates et les haricots verts qu'elle venait équeuter à coté de nous, dans la salle à manger, pendant que les pommes de terre cuisaient.

L'organisation de la matinée était millimétrée. Tout s'enchainait très vite. On était expédiées à la salle de bain pendant qu'elle faisait revenir les champignons de Paris. Elle mettait les pommes de terre à égoutter et venait nous frictionner d'eau de Cologne devant le poêle à bois, puis nous aidait à nous habiller. Ensuite, elle nous invitait à venir l'aider. En rentrant dans la cuisine nos narines se réjouissaient de l'odeur de la sauce tomate qui mijotait des heures avec du thym, du romarin, du laurier et de l'ail.

Les œufs durs refroidissaient dans l'évier à côté des anchois qui trempaient pour être dessalés. La salade niçoise était sous contrôle.

La table, à côté de la gazinière, avait été récurée et elle était recouverte de farine. Pendant qu'elle passait les pommes de terre dans le presse-purée, elle nous rappelait un des secrets de la recette : les pommes de terre doivent être fort bien égouttées. Ensuite elle les mélangeait avec de la farine, des œufs, dans une proportion mille fois expliquée, mille fois oubliée. Quel regret d'avoir perdu mes notes lors d'un déménagement !

Elle sortait trois fourchettes. Une pour chacune. De jolies fourchettes de sa ménagère. Dorées, avec des fleurs et des volutes en relief et surtout les grandes dents nécessaires à l'opération qui allait suivre. Elle prélevait un bout de pâte, qu'elle roulait avec ses mains, en écartant un peu plus ses doigts fins à chacun des passages pour allonger le boudin ainsi formé. Elle le tranchait ensuite en morceaux d'un centimètre et demi environ, et, avec une agilité et une rapidité aguerries par une pratique longue de plusieurs années, elle roulait d'un geste sec un bout de pâte sur les dents de la fourchette pour former de jolis gnocchi. Roxy et moi observions sa rigueur avec attention, et, quand notre tour venait, on s'appliquait à rouler des boudins homogènes, à les découper en tirant la langue, preuve qu'on était vraiment concentrées, et à faire glisser nos morceaux sur les fourchettes confiées. Discrètement, mamie en reformait quelques-uns, puis elle les jetait par petits paquets dans l'eau bouillante salée et agrémentée d'un filet d'huile d'olive. Quand ils flottaient, elle les sortait de l'eau avec une grande écumoire et renouvelait l'opération autant de fois que nécessaire pour cuire toute la préparation. Nous étions priées de quitter la cuisine pour aller jouer dans la salle à manger. De là, entre mes poupées et leurs habits, je la regardais disposer les gnocchi dans un grand plat en terre, les napper de sauce tomate et de gruyère râpé. Elle avait fait revenir le rôti, qu'elle disposait dans un autre plat de terre, l'entourait de champignons sautés et le tout attendait sur la table qui avait été de nouveau soigneusement nettoyée. Ils seraient enfournés peu de temps avant d'être servis.

Voilà. Elle allait pouvoir passer aux choses sérieuses : le dessert. Elle, qui malgré un sévère diabète de type deux, insulinodépendante, était, comme tu le sais, une attachante gourmande.

Mais avant ça, elle se faisait couler un grand café noir qu'elle venait boire à nos côtés. Je me souviens qu'elle avait deux cafetières : l'italienne, en acier, qu'elle mettait sur le feu et qui sortait le café par gros bouillons, et celle en verre dans laquelle elle versait de l'eau bouillante sur le café, -

fraichement moulu dans un petit mixeur qui faisait un sacré vacarme-, café qui restait au fond grâce à une sorte de pressoir qui permettait à la poudre de café d'infuser mais l'empêchait de se diffuser dans l'eau. Elle arrivait avec sa grande tasse fumante, qui dégageait une délicieuse odeur âcre et corsée d'arabica, et ma sœur et moi avions le droit d'y tremper un sucre, moment délicieux pour nous, où nous avions l'impression d'être « des grandes », moment de repos bien mérité pour elle, qui ne se plaignait jamais. Pendant sa pause, elle avait toujours un mot gentil au sujet des tenues de nos poupées, un conseil pour les coiffer. Ensuite, elle tirait sur son tablier et repartait au front. Elle se relavait les mains avec application, rangeait tout ce qui n'était plus utile, et sortait les ustensiles pour son dessert du dimanche : les îles flottantes.

C'est quand j'ai eu quinze ans que j'ai été autorisée à rentrer l'observer dans la cuisine. J'avais même le droit de monter les blancs en neige avec le petit robot à fouets qu'elle conservait comme un trésor. Il fallait bien les battre, qu'ils soient très fermes. Je devais pouvoir retourner le saladier sans qu'ils n'en tombent. Quel défi !
Elle mettait le sucre dans l'eau pour préparer le caramel, toujours parfaitement réussi et qui recouvrirait de façon généreuse les « îles ».

Pendant que le sucre fondait doucement, elle préparait la crème anglaise. Avec cette astuce de grand-mère : pour savoir quand elle est prête, il faut que la crème nappe la cuillère. Et il faut retirer la crème du feu avant qu'elle ne brousse.

Il faut retirer la crème du feu avant qu'elle ne brousse.

Avant. AVANT qu'elle ne brousse. Concept que je n'ai jamais compris ! Faut-il être devin ?!

J'ai toujours pensé que ça avait été un poids pour elle de s'occuper de nous, et aujourd'hui je pense que c'était sans doute la partie la plus clémente de sa difficile existence. Elle qui avait fui Mussolini avec ses parents à l'âge de six ans. Elle qui avait travaillé très jeune aux champs, rencontré pépé au début de la guerre, (ce mari, ton père, qui lui a fait quatre enfants pour finalement la tromper avec une femme qu'il amenait au théâtre pendant que mamie faisait des ménages pour boucler les fins de mois). Ton père qui est décédé avant la retraite d'un accident de travail. Je n'ai que peu de souvenirs de lui. Au cours des seize années passées chez elle, je l'ai vu s'occuper de nous avec une constance, une rigueur, un amour, incroyables. Elle nous nourrissait, faisait nos lits, nettoyait la maison, veillait à notre hygiène : obligation de se laver les dents trois fois par jour, de se doucher tous les soirs. L'hiver, elle glissait dans nos lits une brique préalablement chauffée sur le poêle et enroulée d'un torchon. Je me souviens encore du bonheur ressenti quand nos petits pieds gelés rencontraient la chaleur au fond de ce lit aux épais draps de lin impeccablement propres et repassés. Le soir, quand nous faisions nos devoirs avec Roxy, elle se posait un peu à nos côtés pour faire des lignes d'écritures et de calcul. Elle était super forte en calcul mental et super touchante d'application pour former de jolies lettres. Elle parlait un français parfait, sans accent, elle était belle, digne, discrète. Avec Roxane, tous les jours nous bravions le mistral glacial pour aller à l'école. Nous faisions le trajet quatre fois par jour. Trente minutes chaque trajet. Ce rythme, nous l'avons tenu toute notre scolarité, du primaire au collège. Ça nous a fuselé des jambes magnifiques. Pour les trajets lycée nous avions eu le privilège d'un cadeau merveilleux de la part de nos parents :

des deux roues. Un chappy noir pour Roxane, un rouge pour moi. Cadeaux précieux, tant nous avions eu à nous priver durant ces nombreuses années. J'en garde le goût des bonheurs simples, des balades à la colline, à ramasser du thym, des fleurs, des sorties dans les criques avec un pique-nique, les jeux de cartes, de Monopoly, de scrabble, de jolis moments à trois, à rire, à travailler, à ne pas faire de bruit, rester discrètes, ne pas se faire remarquer, ne pas rendre la vie de notre mamie plus difficile, ne pas peser sur la vie de nos parents.

Nos parents, comme tu le sais, nous les voyions un week-end sur deux et une partie des vacances scolaires. Le climat, une grande partie de ces années, était tendu. Ils se disputaient beaucoup. Maman criait, prenait des anxiolytiques. Papa était souvent absent. Elle occupait son temps libre en jardinant. Elle mettait des plantes et des fleurs partout dans leur jardin, notamment de magnifiques Cana rouge foncé. Elle avait un brin d'originalité avant-gardiste. A l'époque du bar elle avait une monture de lunettes assortie à chacun de ses vernis à ongles. Et parfois elle se peignait chaque ongle d'une couleur différente. Elle était chic, sentait bon le parfum de luxe. Une femme élégante. Elle a toujours eu beaucoup de goût, dans ses choix vestimentaires, dans la décoration de la maison, les musiques qu'elle écoutait. Je me souviens que pendant plusieurs années elle a eu sa phase Traviata ! Elle écoutait Verdi en boucle à tue-tête. Elle cousait très bien. Avec mamie elle nous confectionnait des jupes culottes, des robes longues à volants. Je me souviens que, quand je suis devenue adolescente, elle m'offrait, à chacun de mes anniversaires, des ensembles de lingerie de marques ! Aubade, La Perla, Lise Charmel. Et elle m'emmenait chez l'esthéticienne, m'interdisant de me raser, « car les vraies femmes ne se rasent pas ».

Elle était aussi très bonne cuisinière. Elle cuisinait les meilleures paellas et les meilleurs couscous du monde. Mais comme tu le sais, elle était terriblement dépressive, perdant pied dans ce couple destructeur, ayant peur de tout. Papa, lui, brillait en société. Tu as raison, il était très beau, ce genre d'hommes que l'on remarque entre cent. Ils ont vendu le bar après sept années de travail acharné. Maman ne supportait plus le rythme effréné imposé, les journées à rallonge, les problèmes avec certains clients alcooliques et les serveuses qui tournaient autour de papa. C'est marrant d'ailleurs, encore une qui se trompait d'ennemi. Elle n'aurait pas dû s'en prendre à ces femmes, mais à son mari ! Malheureusement c'est plus facile de penser l'homme victime. Ça évite de devoir ouvrir les yeux et partir. Faire l'autruche a souvent été sa spécialité. Papa a repris l'entreprise de maçonnerie à la mort de son père. Il connaissait le métier, il savait gérer des hommes, l'entreprise a donc plutôt bien fonctionnée. Elles étaient étranges ces périodes en dents de scie, il y avait parfois beaucoup d'argent, et parfois on faisait les fonds de tiroirs. Ces années de vaches maigres étaient source d'angoisse. Il y a eu bien sûr des points positifs, puisque c'est l'exercice que tu m'as proposé. Par exemple, ce qui m'étonnait, enfant, c'était les grandes mains réconfortantes de papa. Bien proportionnées, halées tout au long de l'année, les ongles courts et toujours propres, ce qui ne manquait pas de m'étonner vu son travail. Il y mettait un point d'honneur : il en prenait soin tous les soirs, après sa journée de labeur. Parfois, il nous demandait, à ma sœur et à moi, de les limer, les nettoyer à l'aide d'un bâtonnet de bois que l'on glissait sous le bord libre, enlevant les impuretés que l'on déposait sur un mouchoir en papier blanc. Puis, on faisait tremper ses doigts dans de l'eau savonneuse et enfin dans de l'huile d'olive et du citron, pendant que ses pieds trempaient dans de l'eau tiède agrémentée de gros sel, dans laquelle maman ajoutait quelques gouttes de lavandin.

Il partait tous les matins en sifflant ou fredonnant des chansons provençales, avec son Marcel blanc et sa combinaison en bleu de chine. Pendant les vacances scolaires, il m'emmenait avec lui sur ses chantiers. Quand on montait dans son gros camion rouge, il me prenait sur ses genoux en riant, et en avant l'aventure. Il me donnait l'impression que je conduisais. J'étais tellement fière et joyeuse. On chantait un air gai et entrainant à tue-tête «Mazurka sota li pin». Aujourd'hui encore cet air trotte dans ma tête aux moments heureux. Avant d'arriver, il me décrivait le chantier sur lequel on allait passer la matinée, jusqu'à ce que maman vienne me chercher.

Les débuts des chantiers m'inquiétaient toujours : une fois le traçage des fondations réalisé, il me semblait que la maison ne serait jamais assez grande. Systématiquement je l'alertais, lui demandais de recalculer, essayais de lui démontrer par A+B que les meubles ne rentreraient pas, et systématiquement il me rassurait et me demandait de lui faire confiance, d'attendre et voir. Evidemment, il avait toujours raison.

J'aimais me promener dans ces maisons imaginaires. Envisager qu'un jour on aurait la nôtre. Puis, je m'asseyais dans un coin et je l'observais. J'attendais ce moment précis où mon père se transformait en superhéros, grâce à ce geste qui me laissait bouche bée : il s'accroupissait avec souplesse, et, avec la grâce d'une danseuse légère, il soulevait de terre un énorme sac de ciment qu'il jetait sur son épaule comme s'il était empli de plumes. Le nuage blanc qui s'en dégageait quand il se relevait rendait la scène encore plus poétique et improbable. Ce moment où l'homme est à la fois un colosse et une ballerine. L'élégance du félin. Il se retournait vers moi, me faisait un clin d'œil tout en mâchonnant un brin d'herbe et allait vider le sac dans la bétonnière. Puis, il attrapait une grande pelle qu'il plantait dans un tas de sable et jetait des pelletées dans l'antre de la machine ; ensuite il faisait de même avec le gravier. J'adorais le crissement de la pelle qui s'enfonçait dans ces petits morceaux de pierres, leur bruit d'impact quand ils tapaient les côtés du tambour tourbillonnant et le ronron de la bétonnière qui engloutissait le tout. Enfin, il ajoutait de l'eau et la magie opérait. Là, je pouvais rester de longues minutes à regarder la poudre s'agglomérer à l'eau et aux graviers, dans les cercles réguliers de la cuve.

Quand le mortier était prêt, il versait au sol cette pâte grise granuleuse, épaisse et homogène, et tel un monstre envahissant, ce liquide épais remplissait le tracé, concrétisant les espaces. Mon père aidait la masse gluante à s'étaler avec un grand râteau, en faisant des mouvements amples et harmonieux et finissait de l'araser avec une gigantesque règle en métal, parfois une planche en bois, calée de part et d'autre pour assurer l'horizontalité.

De la magie, il y en avait beaucoup sur ces chantiers. Il utilisait par exemple un petit appareil qui déroulait une interminable corde tentée de craie bleue, et quand papa la faisait claquer, elle traçait un trait droit et net sur l'espace attendu.

Au fil des jours, les agglos s'empilaient avec rectitude, en quinconce, le long de ces tracés, formant une à une les pièces

de la future maison, avec des ouvertures pour les portes et les fenêtres. C'était incroyable de voir une villa sortir de rien
.
Le geste qui avait le plus mon admiration arrivait vers la fin du chantier. C'était quand il plâtrait. Toujours avec ce brio - mélange de force et de légèreté-, il attrapait un sac de plâtre, l'éventrait, versait son contenu dans une auge anthracite. Une nouvelle fois, un nuage poudré blanc rendait cette scène féérique. Il faisait couler dans cette poudre de l'eau qui sortait en petits filets d'un vieux tuyau d'arrosage vert, et, à l'aide d'une truelle, avec agilité et rapidité, il mélangeait le tout en mouvements circulaires. Après quelques minutes de brassage, la masse devenait une belle crème épaisse, blanche, qui ressemblait à de la chantilly. Armé de sa truelle, il jetait la quantité prélevée contre un mur, et en deux temps trois mouvements comme il disait, la pâte s'étalait sans imperfection, lissant le mur brut, éliminant les rugosités et autres défauts. Il travaillait vite et bien. Le geste était précis et rapide, des arcs de cercles larges, qui se croisent, se fondent et créent la perfection. Il prenait du recul, jaugeait son œuvre, et continuait. On aurait dit un ballet bien réglé. De temps en temps, il se retournait, souriait fièrement, et toujours ce petit clin d'œil entendu : tu as vu ton père ? Il gère !
10 heures sonnaient ; c'était la pause. Il allumait le réchaud à gaz et appelait les ouvriers. Avec un gros morceau de beurre, il graissait généreusement une vieille et grande poêle noircie. Pendant qu'elle chauffait, il cassait dans un saladier deux douzaines d'œufs, salait, poivrait, beaucoup, -je me souviens de tous ces petits grains de poivre noir sur le jaune tendre des œufs. Il les battait énergiquement avec un fouet à main, puis, quand il estimait que le mélange moussait suffisamment et que le beurre crépitait, il baissait le feu et versait en une fois l'appareil dans la poêle qu'il agitait

ensuite, sans cesser de mélanger régulièrement sa préparation tout au long de la cuisson. Pendant ce temps, les hommes ouvraient les baguettes craquantes dans lesquelles papa versait les œufs chauds et baveux. Il ajoutait dans mon sandwich et dans le sien deux tours de moulin à poivre supplémentaires. C'est ça, ma madeleine de Proust. Quand j'ai un coup de cafard, je me prépare ce sandwich tout chaud qui sent bon le poivre. C'était un moment joyeux, où tout le monde échangeait dans la bonne humeur, un canon de vin rouge dans une main et le sandwich dans l'autre. Moi, je trinquais au sirop d'orgeat. Ensuite, on picorait à même les emballages du boucher des tranches de saucisson, de mortadelle, et ils se remettaient au travail.

Maman arrivait, avec ses pantalons colorés et ses blouses fleuries assorties, elle était gentiment sifflée, elle plaisantait avec les ouvriers, embrassait mon père et nous repartions ensemble dans sa nouvelle Honda aux sièges velours beiges, tout doux. Je quittais toujours à contre cœur ces chantiers qui sentaient bon la création, la noblesse des gestes qui transforment un terrain vague en une habitation.

C'était toujours de bons moments. Il était d'humeur joyeuse, très optimiste. Trop on le sait, ça a fait leur malheur. Il racontait blague sur blague, chantait, riait, balayait toutes les galères d'un revers de main en annonçant qu'il serait bientôt millionnaire. C'est un rêveur, gai, naïf, qui fait trop confiance aux gens, aux charlatans, et aimait plaire aux femmes. En opposition à ça, maman broyait du noir, pleurait, s'inquiétait, demandait des comptes, ne supportait plus cette vie instable. L'été, ils nous emmenaient en Corse. Roxane et moi nous n'apprécions pas plus que ça. L'odeur du maquis nous incommodait, Roxy vomissait à chaque virage, et en

Corse, des virages, il y en a beaucoup. Nous nous ennuyions, mais nous étions avec eux.

La semaine à La Ciotat, le week-end aux Lecques, à cette époque sans téléphone portable ni argent de poche... c'était compliqué de se faire des amies. Alors on se sentait un peu à part, on se serrait les coudes. Tous les soirs, dans notre chambre, on se confiait, on refaisait le monde et on lisait des romans à l'eau de roses.

C'est à ça que je dois m'atteler : refaire mon monde.

Tatie, aujourd'hui j'ai vu un reportage sur les enfants en Inde et en Afrique. Je ne me plaindrai plus de mon enfance. Merci de m'avoir aidée à sortir d'une forme de victimisation. Je te laisse, j'ai rendez-vous avec ma psy. Surveille bien les faits divers, parce qu'il est possible que, ce soir, je la bute ! Humour, bien sûr, j'essaie de me sauver par l'humour...

Mardi 16 septembre - RV psy / Ce qui ne nous tue pas nous rend plus fort.

20h55. Moi, de quoi vais-je bien pouvoir lui parler aujourd'hui ?

21h00. Elle, toujours aussi ponctuelle, froide, belle.

- *Bonsoir.*
- *Bonsoir.*

(Encore ce dialogue riche).

- *Je vous écoute.* Elle attrape, tout pareil, son bloc papier et son stylo. Qu'aucun de ses patients ne lui a planté dans les yeux.

Et donc, dans deux minutes elle va faire « Hum hum » et menacer d'arrêter la séance si je ne parle pas.

- *Ça n'était pas QUE mon projet.*
- *Vous en êtes certaine ?*
- *Il est allé faire les examens pour la PMA lui aussi !*
- *Par amour pour vous ou par conviction personnelle ?*
- *On s'en fout ! Le couple c'est aussi des concessions non ?*

Blanc.

Et merde on l'a perdue.

- *Est-ce qu'en plus d'être malheureuse de voir l'homme de ma vie s'enfuir je dois aussi culpabiliser pour ce désir d'enfant ?!?*

- *Hum hum...*

Je vais me la faire. J'enfonce mes doigts dans l'accoudoir. J'ai envie de m'allonger. Sur le divan. Sous un gros plaid. M'endormir. Ne me réveillez que pour m'annoncer que tout va bien.

Toujours blanc.

J'en ai marre. Je suis tellement fatiguée. Je me lance dans cette thérapie, le soir, à vingt et une heure, après des journées chargées, dans un présent noir, avec la perspective d'un futur encore plus noir, et ma psychiatre est muette.

- *La dernière fois vous me racontiez que votre mari vous avait annoncé qu'il avait rencontré quelqu'un d'autre au moment où vous tombiez enceinte.*

Champagne, elle parle ! Une piste. Je la saisis.

- *Oui, puis ensuite il a nié. Il a dû regretter de l'avoir avoué. Il a même dit « Je suis heureux pour cette grossesse, puisque tu es heureuse ».*

- *Hum, hum.*

Bon, je vais faire comme si je n'avais rien entendu.

- *Du coup, toute ma grossesse j'ai été partagée entre deux sentiments. La peur de le perdre et la joie de la grossesse. Une partie de moi ne voulait pas croire ce qu'il m'avait avoué. Je voulais profiter de ce bonheur que j'attendais depuis dix ans. C'est long, dix ans.*

J'étais tellement heureuse ; je rayonnais. J'adorais me voir m'arrondir, moi, le fil de fer, tant moquée pour ma maigreur. J'avais le sentiment de devenir quelqu'un d'important. Tout le monde était aux petits soins pour moi. Dans la rue, les gens me rendaient enfin mes sourires. Leurs regards étaient emplis de tendresse, de sollicitude. Comme ma grossesse était considérée à risques, j'ai été arrêtée dès le début. Alors je prenais soin de moi, je me badigeonnais de crème anti vergetures, j'équilibrais mes repas, je dévorais les livres de pédiatres pour me préparer à l'accouchement, à optimiser ma rencontre avec le bébé, à être la meilleure des mamans. Je me projetais dans le futur sans cesse : préparer la chambre, tricoter de minuscules habits, réfléchir à me mettre à temps partiel, pour profiter de ce petit être pleinement. Lui offrir une vie douce.

Je fais une pause, le regard dans le vide, je pense à ces neuf mois. Quand je n'avais pas encore vraiment réalisé que j'allais droit dans le mur.

- *Ça a marché ? Toute cette préparation ?*

- *Non. Rien n'a marché comme prévu. Rien. J'ai d'abord appris qu'une grossesse, c'est violent. Les quatre premiers mois m'ont réduit à l'état d'estomac. Je n'étais plus un être humain, j'étais un estomac. Un estomac malade qui craint de ne plus jamais pouvoir s'alimenter normalement. Puis trêve entre le quatrième et le sixième mois de grossesse. Où je me suis rattrapée côté nourriture, pour me transformer en baleine. Une énorme baleine qui n'a plus de cou, (terminé, noyé dans la graisse le cou), pas de taille non plus, fini le fil de fer, j'étais plus proche de la pelote, montée sur deux poteaux, garnis d'orteils semblables à des petites saucisses apéritifs ; bref, un vrai sex symbol. Mon corps se transformait, ma vie maritale avec. Mon mari commençait à avoir le regard fuyant du mec qui a quelque chose à se reprocher. Les mains moites du gars qui manque d'assurance. Le discours qui sonne faux. Sur un fond de tristesse. Il a commencé à vouloir être seul dans ses activités en extérieur, s'est acheté le nouveau truc à la mode : un téléphone portable. Qui bipe. Beaucoup. Il ne le quitte plus. Et puis, comme si nous avions besoin de ça, une chute dans l'escalier m'a fait passer les trois derniers mois à l'hôpital, perfusée, avec interdiction de me lever, de m'asseoir, même pour les besoins les plus naturels...*

- *Comment avez-vous vécu cette période ?*

- *Comme un vol. On m'a volé ma grossesse. Pendant que je couvais, lui avait le loisir de développer sa nouvelle relation. Chacune de ses visites à l'hôpital était une source de stress : l'œil vrillé sur son téléphone, il multipliait les prétextes pour partir. Pour se déculpabiliser, il m'apportait de quoi m'occuper : puzzles, CD, livres, crèmes, chocolat. Je ne manquais de rien. Sauf de l'essentiel : son amour pour moi, son enthousiasme pour ce bébé.*

- *Hum hum.*

Je n'ai rien entendu.

21h30. J'ai les yeux dans le vague.

21h35. Elle brise le silence.

- *A quoi pensez-vous ? De quoi d'autre voulez-vous parler ?*

- *Mon accouchement. Parce que je ne me suis pas contentée d'être seulement nulle comme femme enceinte. Non j'ai aussi été nulle pendant l'accouchement. J'avais cinq ans de yoga à mon actif et ça a quand même été une boucherie. Tout m'a échappé. J'ai été forcée de rester allongée trois mois, perfusée, monitorée, et puis le staff s'est inquiété de mon hypertension et du poids du bébé, alors ils ont déclenché l'accouchement. Chaque étape a été un échec. Le déclenchement au doigt qui devait faire des miracles en huit heures a été un fiasco. Sauf côté douleurs... Alors j'ai eu droit à un déclenchement chimique. Nouveau fiasco. Plus de vingt heures d'attente pour finir en césarienne... Moi qui étais allée à la consultation anesthésiste uniquement parce que c'était obligatoire. Je voulais accoucher sans péridurale, en contrôlant ma douleur avec « la force de l'esprit ». Pfff. Quelle connerie ! Ça ne faisait pas trois heures que les contractions m'anéantissaient de douleurs que j'hurlais que je voulais la péridurale. Ah le sourire victorieux qu'a affiché l'anesthésiste quand il m'a vue le supplier pour sa piqûre magique. C'était sa vengeance face à mes arrogantes certitudes ! Et pendant les neuf heures qui ont suivi, pas une sage-femme n'est venue m'aider à respirer, m'encourager. La pauvre fille de garde était débordée par trois accouchements, terrifiée car nous étions à quelques heures de l'an 2000 et que tout le monde craignait le fameux Bug. Elle m'a laissée avec un mari qui ne feignait même plus sa déception de me trouver tellement nulle, alors que « sa collègue de travail », elle, elle avait accouché sans péridurale en*

> *deux heures et sans avoir mal... Gnagnagna. Connasse. Je me repassais en boucle les conseils lus dans les livres d'accouchement, quelle foutaise ! Livre numéro un « Accoucher sans douleur ». On n'accouche pas sans douleur. J'en ai tellement voulu à toutes les femmes de ma famille qui avaient accouché avant moi et qui ne m'avaient pas préparé à ça. Cette violence, cette envie de s'ouvrir le ventre avec le premier couteau qui traînerait... « Accoucher naturellement ». Deuxième livre. Naturellement avec une perf, une péridurale, un tensiomètre, une sangle pour mesurer les contractions, une autre pour mesurer les battements du cœur du bébé.... Tu parles !*

Je me tortille sur ma chaise, je raconte tout ça presque en criant. Ça sort. Ça sort enfin. Cette déception, ce sentiment d'abandon, cette désillusion.

- *Et puis le gynéco est arrivé en gueulant que ça faisait déjà deux heures que j'étais dilatée à neuf, qu'il aurait dû être prévenu avant, qu'à cause de la méchante sage-femme j'allais faire une infection de paroi, que l'hôpital serait mal noté... Tout s'est accéléré. Ils n'ont pas autorisé Georges à venir au bloc. Grosse déception pour lui qui venait surtout pour le côté sensationnel du spectacle... il allait être privé de la meilleure partie. Bien fait.*

Je souris, ça me fait du bien d'exprimer ma rancœur.

- *La césarienne a été un carnage. Tout le monde courait, s'agitait. La péridurale a été transformée en rachi anesthésie, ils ont dressé un drap bleu gris devant moi, j'ai vu avec stupéfaction mes jambes passer devant mon visage sans que j'en donne l'ordre, ils ont échangé des regards complices, c'est bon, ils pouvaient ouvrir.*

Je marque un temps. Mes souvenirs me submergent.

- *Un froid intense m'a saisie, transperçait tout mon être. J'étais comme tétanisée. A tel point que je n'arrivais même plus à parler. Je suppliais des yeux l'anesthésiste pour qu'il me prenne la main, mais il était préoccupé. Il surveillait mes constantes. Et puis…*

Et puis je n'arrive plus à parler. Des larmes me submergent. Elles montent vers mes yeux sans que je ne maîtrise plus rien. La digue lâche. Je cherche un kleenex au fond de ma poche.

- *Prenez votre temps. Respirez profondément.* Elle me tend un mouchoir en papier.

Je hoquette. Je suis fatiguée.

- *J'ai eu tellement peur. Le médecin hurlait ses ordres aux deux infirmières. Mon tube digestif était tellement contracté qu'un filet d'eau n'aurait pas trouvé son chemin. L'anesthésiste m'a expliqué que c'était le produit qui m'empêchait de parler. Je pense qu'il n'y allait pas de main morte sur la dose, parce que je n'ai pas suivi tout le film. Et au moment où il m'a enfin pris la main, le médecin l'a appelé en renfort. Mes pensées étaient déconcertantes. J'étais à la fois terrifiée et sarcastique. Je fixais le drap bleu gris dressé devant moi : je l'ai trouvé moche. Et puis je me suis dit que la couleur ferait l'affaire parce que moi, les viscères et le sang c'est pas ma tasse de thé. Blanc. Ou plutôt noir. Encore un coup de l'anesthésiste. Quand je suis revenue à moi le gynéco était toujours autant concentré. Il avait le teint gris, assorti à sa blouse et au drap. En sueur. On aurait dit qu'il avait couru un marathon. Il a dit « Je n'y arrive pas, il est clampsé ». Il transpirait comme un bœuf et je me disais « Ah mais c'est dégueulasse ses gouttes de transpiration doivent tomber dans mon ventre ouvert ». Et puis j'ai compris qu'il n'arrivait à sortir le bébé. J'étais interloquée. Il a dit « Je vais ressayer » et j'ai pensé « Euh oui mon gars, bien sûr que tu vas réessayer sinon on va mourir. ». J'étais en panique. Mon ventre était ouvert, que pouvait-on faire de mieux ? J'ai pensé que j'allais mourir. J'ai pensé que mon bébé allait mourir. Mon cœur battait la chamade. Et puis re blanc. Enfin re noir. Quand j'ai repris connaissance, je me suis dit que ça n'était pas possible. Ça n'allait pas finir là. Que je n'avais pas fait tout ça pour mourir ici et maintenant. Il a redit « Je n'y arrive pas il est clampsé ». Je me suis mise à pleurer. Mes dents ont arrêté de grincer, je voulais donner la vie, pas la mort. Et soudain, le gynéco s'est mis à gueuler comme si c'était la première fois qu'il accouchait « Il a des cheveux ! Je vois ses cheveux !!! ». Et une sage-femme m'a dit « Il est blond madame ! On voit sa tête ! ». J'ai pensé « Et maintenant qu'est-ce qu'on attend ! Puisque tu vois les cheveux chope la tête et sors-le bon sang ! » Je brûlais d'impatience de prendre sur moi mon bébé, je voulais qu'il fasse rentrer mon mari. Il me manquait. A partir de ce moment-là l'atmosphère n'a plus été à couper au couteau. Les gestes étaient précis, le silence plus doux. J'ai entendu un « Je le tiens », « C'est un garçon et un très beau et très gros garçon ».*

Je marque une pause. Je reprends mon souffle. Je ne vois plus rien autour de moi. Je suis projetée dans ce bloc opératoire où ma vie a changé à jamais. Mon souffle s'est apaisé. Je me souviens de la magie qui a suivi la boucherie.

- *Une sage-femme est venue vers moi. « Embrassez votre magnifique bébé ». Elle a soulevé la serviette et... et le temps s'est arrêté. J'ai eu le sentiment d'être seule au monde avec lui. La rencontre a été quasi mystique. Un face à face d'une incroyable force. Mon bébé. Mon bébé tout recroquevillé, tout rond, tout rouge, tout fragile, avec un regard gris clair fatigué mais d'une profondeur infinie qui plongeait dans le mien avec une telle intensité. Le moment était solennel. On aurait dit qu'il faisait des efforts surhumains pour ne pas baisser la tête, pour me regarder. J'avais les yeux embués par cette émotion animale, instinctive et d'une pureté rare. Une douce chaleur m'a envahie. Je l'ai trouvé beau. Tellement beau. Je le lui ai dit en l'embrassant. J'ai voulu le prendre contre moi. J'avais un besoin urgent de le sentir contre ma poitrine. Mais déjà la sage-femme s'éloignait avec lui.*

Je pars dans les ténèbres. Je m'enfonce dans le vide. La mélancolie m'envahit. Que de moments volés.

- *Continuez.*

Sa voix posée me ramène dans cette pièce quasiment plongée dans l'obscurité, éclairée de deux lampes de bureau. On a sûrement dépassé l'heure mais elle n'ose pas interrompre ce moment.

- *Il s'est passé quelque chose de vraiment bizarre. L'anesthésiste a attendu deux heures avec moi que mes jambes retrouvent des sensations. Il piquait régulièrement mes pieds, mes jambes, pour savoir si une sensation revenait, en vain. Aucune nouvelle de mon bébé, à imaginer le pire. L'anesthésiste a fini par demander que je remonte en chambre et a avoué qu'il était inquiet. J'ai attendu encore sagement trois heures, seule. Commençant à accepter doucement mais sûrement ma nouvelle paraplégie... Et enfin, la porte s'est ouverte sur Georges poussant un berceau transparent dans lequel dormait paisiblement Gabriel. L'image aurait été tellement belle, si elle ne sonnait pas aussi faux. Georges mal à l'aise, autant heureux que malheureux, investi que détaché. Il a pris délicatement cette petite boule de vie de 4kg200, ce mix de mes gênes et ceux de l'être que j'ai le plus aimé au monde, et l'a déposé tout contre moi, dans ce joli pyjama abricot, trop petit bien sûr, assorti à sa peau de pêche. Il avait l'air tellement serein. Il était si beau. J'ai été envahie d'un amour infini, empli de tendresse, de chaleur, de paix. Il sentait bon, il était tout chaud, tout doux, et avec un plaisir intense j'ai enfin posé mes lèvres sur son petit crâne fragile. C'est à ce moment précis que les sensations sont revenues dans mes jambes.*

Elle sourit. Regarde sa montre et se penche sur son minitel pour procéder à la facturation. Je me sens soulagée d'avoir partagé ce moment à voix haute. Je tente d'en dire encore un peu, vu que je suis lancée :

- *Vous savez, je comprends pourquoi je n'intéresse plus mon mari. Je rate tout, tout le temps. Je ne suis jamais à la hauteur. L'accouchement, c'est un truc naturel. Et même ça, j'ai été incapable de l'accomplir seule. Je suis trop faible, comment susciter l'admiration ?*

Elle m'interrompt.

- *La séance est terminée. Changez ce mot. Vous n'êtes pas faible. Fragile peut-être. Et pensez à ça pour la prochaine fois : êtes-vous vraiment en train de regretter un homme qui ne vous a pas soutenu de son amour pendant votre grossesse et alors que vous avez failli perdre la vie en mettant son fils au monde ? Vaut-il la peine de votre souffrance ? Il a déjà pris beaucoup de vous ; souffrir c'est encore lui donner ce pouvoir. Il est de votre responsabilité de ne pas vous laisser aller, ne pas couler, car cette déchéance reviendrait à accepter que votre ex-mari et sa maîtresse, en plus de vous chasser de votre maison, de prendre votre fils à mi-temps, volent aussi votre bonne humeur et vos talents de mère. Ce sera tout pour ce soir.*

« Ce sera tout pour ce soir ». Ben tant mieux, parce que c'est déjà pas mal pour un soir.

Alors elle, elle dépote comme lacanienne !

Tatie, Tel un lotus j'ai les pieds dans la vase, mais la tête dans le ciel !

Je ne suis pas faible, je suis fragile ! C'est Freud qui l'a dit ! Et j'ai un autre scoop, la femme fragile s'est transformée, grâce à Gabriel, en une lionne déterminée à le protéger bec et ongles ! Mon mari volage est con, tu as raison, il n'est désormais plus ma priorité !

Marre de ce sentiment d'abandon.

Il m'a interdit de partager avec lui cet événement de vie si intense. Tous ces instants qui font que la vie est merveilleuse, précieuse ! L'amour infini qui nous liait aurait dû magnifier ces moments au lieu de les gâcher. Et comme si ça ne suffisait pas, il me rend responsable de la fin de notre couple. Je ne l'autoriserai plus à m'affaiblir ! Je dois reprendre le contrôle de mes pensées. L'objet de son affection change ? C'est triste. Mais je ne dois pas laisser cet état de fait me dévaster, abîmer les heures précieuses avec Gabriel. Qu'il aille vers l'autre librement. Tant qu'il garde quelques gouttes mesurées, planifiées, d'amour pour son fils... Capitalisons là-dessus. Force est de constater que cette épreuve ne m'a pas tuée. Elle va donc me rendre plus forte. Et je verrai bien ce qui va se jouer dans ma vie.

Ta nièce maman-gâteau : mon bébé m'émerveille par sa bouille coquine, sa vivacité, ses rires, ses câlins, l'incroyable capacité qu'il a chaque jour à progresser avec une sensibilité étonnante. Je te joins des photos. C'est sympa d'échanger par mail. Plus rapide que par courrier.

Mardi 16 juin – RV Psy, le dernier avec la Lacanienne. Le passé appartient au passé.

Ce soir-là, je suis rentrée dans son cabinet vêtue d'un tailleur gris près du corps, chaussée d'escarpins noirs à talons hauts, élégante, bien coiffée, maquillée. Plus sûre de moi. Je lui ai annoncé fièrement que j'avais obtenu haut la main mon diplôme de manager. Elle s'est fendue d'un « félicitations ». Puis je lui ai dit que j'avais rencontré quelqu'un le mois dernier et que nous étions en train de chercher un appartement près de chez mes parents. Comme je devais quitter la maison familiale et lui son appartement… Elle a toussé et a bien failli s'étouffer. Ah ben moi, quand je fais des bêtises, je ne les fais pas à moitié. Elle a pris la parole longuement.

Elle m'a expliqué qu'un divorce, c'est un peu un deuil ; le deuil d'une époque. Et que j'avais passé les cinq étapes du deuil.

Le choc
Un mari qui annonce à sa femme qu'il la trompe parce qu'elle a voulu donner la vie, ça fait un choc !

La colère
Qui a enfin éclaté quand votre ex-mari vous a annoncé que le montant de la pension alimentaire serait faible en ajoutant « qu'il fallait que vous choisissiez entre un banquier ou un père et que si vous contestiez le montant il ne verrait plus son fils ».

Le marchandage
Une période qui est arrivée au mauvais moment, car persuadée que la fin de cette histoire était impossible, vous n'avez pas su vous mettre à l'abri, votre fils et vous,

financièrement. Vous avez accepté toutes ses conditions pour qu'il vous aime encore un peu, pour qu'il ne soit pas en colère contre vous, pour éviter le conflit aussi. Eventuellement pour qu'il revienne sur sa décision. Mais pour votre mari, ça faisait déjà des mois que la séparation était effective.

La dépression, la tristesse
Cette étape a été longue et empreinte de tant de désillusions. La sortie de la bulle du mariage a été violente. Vous avez beaucoup pleuré, et c'était une étape capitale pour en finir.

L'acceptation
Vous y êtes ! Vous allez de l'avant ! Bravo ! C'est dans la guerre que l'on reconnait les héros, et je crois que vous en êtes un ! Vous vous découvrez des aptitudes sur lesquelles vous n'auriez pas misé un euro ! Et ça n'est que le début. Cependant, je pense que vous vous précipitez dans cette nouvelle relation. Cet homme est probablement un « homme pansement ». Vous avez besoin de vous prouver que vous pouvez encore plaire. Vous avez besoin d'une épaule pour vous aider dans votre quotidien, dans ce nouveau départ, quelqu'un qui remplacerait votre ex-mari. Vous vouliez des conseils pour gagner du temps ? En voici un : Elisabeth, si vous doutez de vos sentiments pour cet homme, si vous vous dites que « si ceci ou cela change alors on sera heureux », rompez. Vous éviterez des souffrances supplémentaires. Comment vous expliquer ? Hum, imaginez un ouvrage au tricot. Détricoter quelques rangs demande moins de difficultés que détricoter tout le pull. Ce que je veux dire, c'est que pendant qu'on attend que l'autre change, que la relation s'améliore, on vit, on rentre dans la vie de l'autre et vice et versa. Les amis, la famille, les lieux, etc. Ça crée des souvenirs qui eux-mêmes créent du lien et c'est formidable quand on est amoureux. Pas quand on se ment à soi-même

pour rentrer dans un moule, trouver une pseudo sécurité. Ou alors, imaginez un train qui quitte la gare. Il démarre lentement, et petit à petit sa vitesse accélère. Il est plus facile de sauter d'un train quand sa vitesse est lente. Attendre trop longtemps c'est sauter quand le train est lancé à toute vitesse et c'est plus douloureux.

Je vais vous adresser à un confrère comportementaliste, près de votre nouveau domicile. La thérapie qu'il propose est plus adaptée à vos nouveaux besoins. C'est notre dernière séance Elisabeth.

Elle a procédé à la facturation, s'est levée, m'a serrée chaleureusement la main et a dit « *Je vous félicite pour le parcours effectué. Je vous souhaite bonne continuation* ». Je l'ai remerciée en bredouillant, je ne m'attendais pas à cette fin soudaine et j'ai réalisé que ses « hum hum » allaient me manquer. Je me suis dit que, si je n'étais pas vraiment comblée de bonheur, j'étais nettement moins dépressive qu'au début de nos échanges, et, qu'effectivement, maintenant, il me restait la responsabilité de créer mon propre bonheur. Notre dernière poignée de mains a été plus longue que toutes les autres, et j'ai réussi à soutenir son regard en contenant au mieux l'émotion de cette séparation. Son regard exceptionnellement engagé, doux et confiant, m'a donné de la force.

Ma chère tante, L'insouciance s'arrête le jour où l'on devient parent. Mais quel bonheur !

Trois ans déjà que Gabriel est né ! Merci pour tes cadeaux et pardon d'avoir limité nos échanges à quelques cartes postales. Ces trois dernières années, tellement de changements ! Pour toi déjà, qui a quitté New-York pour l'Italie ! J'aimerais pouvoir venir te voir dans ce nouveau pays. Quelle joie de vivre avec un ambassadeur !

Tu as des doutes sur nos origines italiennes depuis que tu as appris que tes deux frères étaient circoncis et que mamie parlait l'allemand-autrichien chez ta grand-mère. Ta théorie qu'ils étaient peut-être des juifs du Tyrol qui fuyaient Hitler, puis Mussolini, je l'entérine ! J'ai un nouveau comportement qui va dans ce sens : je me suis transformée en véritable mère juive ! Ahahah. Car c'est officiel : mon fils est le plus beau de toute la planète. Et comme toutes les mamans le savent, il est aussi le plus vif, le plus fort, le plus éveillé.

Je suis restée habiter chez Georges jusqu'aux dix-huit mois de Gabriel. J'ai repris le travail pour ses neuf mois car je devais suivre une formation de manager, sans connaitre mon affectation. Alors, j'ai fait comme tu m'avais conseillé : un pas après l'autre. En respirant tranquillement. J'ai profité à fond de ces derniers mois de tranquillité mentale grâce à la présence de mes ex beaux-parents, qui m'ont tant aidée pendant cette période d'incertitudes. Il y a eu l'opération de l'œil de mon petit chou, ces angoisses de vie et de morts, et la psy qui m'a fait réaliser que quand on donne la vie, on donne aussi la mort, qu'on ne connait pas la date de fin, que la seule chose qu'on puisse faire entre ces deux dates, c'est donner de l'amour, enchanter la vie et pour le reste « faire ce qu'il faut faire ». Malgré les soucis, j'ai réussi à prendre de bons moments. J'adore m'occuper de Gabriel. Le toucher, le sentir, le couvrir de bisous, mordiller ses petits pieds potelés, souffler de bruyants poutous dans son cou. Je ne me lasse pas de toucher sa peau de pêche, caresser son crâne tout doux. Je l'observe des heures durant. On partage des éclats de rire, de jolies balades, des histoires d'animaux invraisemblables, de légumes qui parlent et de magie.

Tout n'est pas inné dans ce nouveau rôle de maman, mais je m'accroche. J'apprends des leçons d'humilité en accéléré. Je voulais allaiter mon bébé, pas de lait ! J'avais prévu qu'il ne toucherait pas une sucette en plastique, il en avait cinq dans son berceau. Je me rêvais déambuler avec lui dans un porte bébé, il avait horreur de ça ! Et bien, comme tu le prédisais, je m'en accommode et j'ai adoré faire ma fière en le promenant dans son joli landau.

C'est incroyable ce que les enfants nous font progresser, nous adapter, nous remettre en question. Tout aussi incroyable comme la maternité nous apprend la patience, la gestion de la fatigue, la faculté à se mettre entre parenthèses, à jouer les esclaves, les bavoirs à crachouillis, les torchons à mains sales, les porte bébés, les balançoires. On revoit nos priorités. Et surtout on comprend assez vite qu'avoir un bébé n'a rien à voir avec jouer à la poupée. Parfois, tellement à bout de nerf et d'incompréhension, épuisée, j'ai eu envie de le passer par la fenêtre. Ou de le ramener à la maternité. Par chance, je ne suis jamais passée à l'acte. Non, à la place j'ai grillé encore plus d'heures de sommeil en culpabilisant d'avoir eu ces horribles pensées... qui sont chassées le lendemain dès le premier sourire d'ange. La psy a dit que c'était normal d'avoir ces pensées. L'important étant de ne pas les mettre en pratique. Tu m'étonnes... !

Heureusement cette période n'a pas duré longtemps car j'ai la chance inouïe d'avoir un enfant facile. Il a fait des nuits de douze heures à sept semaines ! Il mange de tout. Il a marché à onze mois. Et depuis qu'il a quinze mois il parle très bien.

Le divorce est officiellement prononcé. Et je crois que ça y est, j'ai vraiment tourné la page. Plus de cœur qui bat la chamade quand je croise George, que je regarde maintenant comme un étranger. Comme quoi...

J'ai changé de psy et j'ai déménagé à côté de chez mes parents.

Bon, je sais que les parents t'en ont parlé, alors crevons l'abcès : j'ai fait une bêtise ! J'ai aménagé avec Paul un mois après l'avoir rencontré au centre de formation. Quelle erreur ! Je crois que je l'ai fait pour plusieurs mauvaises raisons : en réaction à Georges, peut-être même pour essayer de le rendre jaloux. Mais aussi parce que Roxane, croyant bien faire, m'a encouragé à vite me remettre en couple avec un homme, « parce que tu comprends, divorcée, avec un jeune enfant à charge, c'est un sale bagage, alors, si lui il est ok pour se lancer dans l'histoire, ne le laisse pas passer ». Je te la fais courte : ça a été un échec retentissant. Sur tous les plans. M'en séparer a été la meilleure décision de ces derniers mois ! Quand je lui ai annoncé ma décision de rompre, Paul s'est mis à pleurer et m'a demandé sur un ton agressif « Tu as pensé à ma mère ? ». Euh, non, j'ai pensé à moi. A l'ennui qu'il mettait dans ma vie (alors que je passais la semaine à courir après le temps, le week-end j'avais envie que le temps s'accélère plus encore pour retourner bosser afin d'éviter d'assister à son seul loisir : lire le journal sportif, cul nu et polo vert gazon de l'équipe de Saint-Etienne sur le dos, affalé dans le canapé). J'ai aussi pensé à notre vie sexuelle catastrophique (éjaculateur précoce et fier de l'être, à moi de m'adapter puisque lui prenait son pied). J'ai également pensé à son manque d'ambition, de pulsions de vie (le seul point important qui le motivait : rattraper le retard de vie de famille sur son petit frère, déjà marié et papa) et dans la foulée j'ai pensé à son haleine de cheval, son regard de veau, son corps gigantesque et mou, bref : Non ! Je n'ai pas pensé à sa mère ! Il était temps que ça s'arrête : SOU-LA-GE-MENT. Je me sens enfin libre, prête à affronter la vie sans homme à mes côtés, et faire ce que je veux, quand je veux, comme je veux !

Mon entourage veut me faire croire que la solitude est une tare dont il faut vite guérir. Ces derniers mois, j'ai eu droit à des rendez-vous arrangés plus catastrophiques les uns que les autres. Bien sûr, sous la pression, je me suis également inscrite sur un site de rencontres. Le nombre de cinglés en liberté ! Les hommes mariés qui cherchent des extras, les dépressifs qui cherchent une infirmière psy, les mégalos, ceux qui n'ont pas réglé leur passé, les obsédés qui cherchent à gonfler leur tableau de chasse, les grands enfants incapables d'initier ou tenir une conversation, les faux profils de mecs parfaits générés par le site pour que tu continues de payer ... et parfois, ceux qui sont bien sous tous rapports, et là, tu réalises qu'avoir des sentiments n'est pas concomitant à une liste de critères cochés ! Pff...

Mon nouveau psy est un homme « bon chic bon genre », marié à une sublime femme médecin et père de deux enfants ; il me renvoie l'image qu'un couple, ça peut être solide. Ses conseils ont de la valeur, vu que lui, il a réussi le parcours ! Et bien, mon nouveau psy, face à ce faux pas amoureux, m'a tout de même félicitée : je suis sortie de ma léthargie, j'ai osé aller vers l'autre, j'ai pris des risques. Parce que, d'après lui, le pire, c'est de ne pas essayer. Ainsi je commence à apprendre à dire « non », « stop », « ça ne me convient pas ». Il m'a aussi donné une formule magique pour ne pas retomber dans la dépression : rester seule le moins souvent possible, accepter toutes les invitations, ne jamais rester inactive, multiplier les rencontres avec les amis, la famille, accepter toutes les occasions de sortir. Y'a plus qu'à. Le gars parle plus que moi en consult ! C'est top !

Raconte-moi l'Italie, envoie-moi encore des photos, elles me font rêver ! Je t'imagine en train d'organiser des soirées mondaines avec le gratin de Rome. Les soirées de l'épouse de l'ambassadeur : tu me fais penser à cette publicité pour un chocolat à la noisette ! Bravo pour ta déco et ton buffet pour l'inauguration du centre d'art contemporain ! C'est merveilleux ! Créer de la féérie, en voilà une bien jolie occupation du temps.

Je t'embrasse fort,

Wonder woman, sur la route de l'affirmation du soi.

Mardi 23 septembre - RV psy / Voyager c'est savoir qui on est

18h. Moi à l'heure, en nage. C'est la course depuis que j'ai ces nouvelles responsabilités. Lui, ses yeux turquoise, son teint halé, son costume bleu marine bien taillé, son regard doux et joyeux. Il m'invite à le suivre dans son immense bureau, très lumineux grâce à une baie vitrée qui donne sur le port de La Ciotat. Le mobilier est moderne. Tout semble neuf et brille de propreté. Je me cale dans un grand fauteuil de cuir noir, très enveloppant. Le Docteur Taubran un homme doux, posé, souriant, qui invite à la confidence.

Nos premiers rendez-vous nous ont permis de poser les bases du travail ensemble : développer la confiance, l'affirmation du moi.

Aujourd'hui, alors que je lui confie que la solitude me pèse, qu'élever seule un enfant n'est pas ce que j'avais prévu, et que partager l'amour d'un homme me manque, il me coupe :

- *Pour le mois prochain, essayer cet exercice : la femme qui voyage seule. Partez quelques jours pour aller à la rencontre de la personne la plus importante de votre histoire : vous. Mesurez-vous à la solitude, allez seule au restaurant, au cinéma, au théâtre. Vous apprendrez l'essentiel : ça n'est pas un drame d'être célibataire un temps, et ça ne vous prive de rien. Vous verrez que le regard des autres, que vous craignez dans ces situations, n'est que dans votre tête. Il est temps de voler de vos propres ailes. Faites-vous confiance.*

Et bim… ici aussi, ça percute !

Ma tatie, Sortir de la chrysalide

Merci pour ces belles photos ! Dès que je gagne au loto et que mon fils est majeur, promis je viens te voir ! Ta vie de nomade citoyenne du monde me fait rêver. Tu touches une liberté d'exploration de la planète bleue qui me titille. En attendant et à mon petit niveau, si tu savais à quel point je le savoure ce sentiment nouveau : La liberté choisie ! J'ai commencé par fabriquer un nid à mon image. J'ai repeint tout l'appart. Puis j'ai fait l'exercice de la femme qui voyage seule. Je suis partie une semaine à Bruxelles pour la biennale d'art contemporain asiatique. Ces asiatiques sont vraiment des dieux dans l'art de la précision, cette faculté à traduire la joie, le beau, à mettre des couleurs chaudes et vives sans que ça ne soit jamais vulgaire ; au contraire quelle merveille pour les yeux et le cœur cette aptitude à créer de l'élégance et du profond dans la légèreté du trait, la justesse et l'harmonie des compositions. Leurs créations sont très poétiques. Très jolie expérience qui m'a procuré beaucoup de bonheur. Des lieux d'expo partout dans la ville. De belles installations et des sons et lumières le soir sur la Grand place. Le psy avait raison : aller au restaurant seule, effectivement, ça n'est pas un problème. Ça permet de ressentir les choses différemment. Je suis plus sereine depuis que j'ai vaincu cette peur de la solitude. Je me sens à la fois plus imprégnée de ce qui se passe autour de moi et plus à mon écoute.

Moi qui pensais, il y a quelques années, ne pas pouvoir me remettre du divorce, ne pas réussir à avoir de relations intimes avec un autre homme, j'ai repris confiance en ma féminité, j'ai vaincu ma timidité et je ne gère pas si mal ma vie sans le soutien d'un homme. J'ai grandi tatie !

Le regard de Gabriel sur la vie m'aide également : tout l'enchante, le surprend, l'émerveille. Les adultes ont oublié ça. La plupart en tout cas. Il me ressource ce gosse. Mon nouveau travail me prend beaucoup de temps, mais je l'adore. Ça me plaît de gérer cette mission de service public, d'encadrer, organiser, atteindre les objectifs. Je n'ai pas une minute à moi, mais beaucoup de tâches variées, de réunions à animer. Mes collègues sont sympathiques, et j'aime assumer les responsabilités qui me sont confiées.

Maman m'aide énormément avec Gabriel. Elle va le chercher quasiment tous les soirs à l'école, le fait goûter ; merci de m'avoir ouvert les yeux sur ça.

La maternelle a été une période émouvante. Tous ces apprentissages ! Ainsi que le début de sa vie sociale ! Petit bonhomme gentil qui défend les minorités dans la cour, lui-même étant moqué pour son pansement sur l'œil. Petit ange enjoué qui ne se plaint jamais, ri volontiers, adore jouer aux billes, faire du bricolage et passe des heures sur la moto électrique qu'il a eu pour Noël. Ah Noel dans une famille recomposée. Pour lui, c'est formidable, de nombreuses fêtes, beaucoup de cadeaux. Pour moi ça a été difficile d'être ancrée dans ce rôle de mère célibataire qui ne partage pas ces moments magiques avec le papa, et qui est exclue du « comment ça se déroule du côté paternel ». Ces dates sont terribles. On se contorsionne pour adapter le calendrier, on fête le 24 le 23, Gabriel vit le soir de Noël loin de moi et j'en souffre. Le papa prend-il du temps pour mettre de la magie ce jour-là ? Pourquoi est-ce sa nouvelle femme qui vit ces moments-là ? C'est injuste mais c'est la vie. Je capitalise sur ses joies, sur ses enthousiasmes, je fais de mon mieux pour mettre des paillettes dans sa vie quand il est avec moi, coûte que coûte.

Un week-end sur deux et la moitié des vacances scolaires, quand Gabriel est chez Georges, je m'occupe de la maison bien sûr, mais aussi de MOI ! C'était horrible au début de le voir partir loin de moi, seul avec cet homme que je ne connais plus et cette femme dont je n'apprécie ni les valeurs, ni le comportement, ni le caractère lunatique. Je comptais les heures lors des premières séparations. A me demander si tout allait bien, si Gabriel était heureux. Et puis je commence à apprécier d'avoir un peu de temps libre. Le samedi matin, je vais à la danse ! J'aime ce travail du corps et l'ambiance très gaie. Ça m'évite de déprimer. Dans ce cours, les autres femmes ont à peu près mon âge. Elles sont sympathiques. La danse demande une rigueur et une concentration qui aident à rester focus sur un mouvement, un enchaînement de gestes ; ce travail éloigne un temps mes pensées négatives, mes soucis. Les musiques me mettent de bonne humeur, c'est très agréable.

Autre nouveauté, grâce à mon fils j'ai de nouvelles copines ! La maman de son meilleur ami d'école m'a invitée à prendre le thé à la rentrée du primaire. Le courant est tout de suite passé ! Un véritable coup de foudre amical. Elle m'a intégrée à son groupe de copines, et tous les dimanches matin nous allons courir dans la colline, au milieu des buissons de romarins, de thym, de sauge, de genêts au parfum sucré de fleurs d'oranger, de cistes à fleurs jaune et rose. Nous foulons la terre ocre et caillouteuse, sous un ciel bleu d'une infinie pureté, abritées du soleil par quelques pins vert bouteille et émerveillées par la vue sur la mer méditerranée, La Ciotat, Bandol. Deux heures de thérapie de groupe où chacune échange ses aventures de la semaine. J'ai intégré leur groupe avec simplicité et naturel, comme si on se connaissait depuis toujours. Pendant qu'on court, les enfants restent ensemble chez Sabine. Ils sont heureux d'être ensemble, chapotés par l'ainée de Sabine. Je t'avoue qu'on parle plus que ce que l'on court, mais ça me fait tellement de bien ! Par ailleurs, les moments sans Gabriel, quand il est chez son papa, sont devenus moins austères. Apéro, papotages autour de leurs piscines, footings...

La vie reprend un goût de fraîcheur vraiment appréciable. Bien sûr, mon célibat me pèse un peu. Non plus que je regrette mon ex-mari, mais l'absence d'un homme, d'un amoureux, l'envie d'être aimée, de câliner un homme, de partager une vie de famille, et d'avoir une vie de femme... Mais bon, ça viendra non... ???

Des bises.

La joggeuse qui, quand elle ne court pas après le temps, court pour se changer les idées.

Mardi 16 juillet - RV psy / La réalité économique versus l'argent ne fait pas le bonheur

- *Bonsoir Elisabeth, comment allez-vous ?*

- *Pas fort. Après la phase d'excitation « Je suis libre, je fais ce que je veux », vient la phase de réalité « Je cours après le temps et je n'ai pas les moyens d'assumer mes loisirs ». Chaque centime est compté et destiné à une dépense précise. Je commence à galérer sérieusement. Entre le loyer, les frais pour aller au bureau, le prêt auto, la nourriture, les assurances, les impôts, le téléphone, l'eau, le gaz, l'électricité, les mutuelles, les habits, mon budget est plus que serré. Quand est-ce que je me fais plaisir ? Jamais. J'ai été obligée d'arrêter la danse, et avec la machine à laver qui vient de tomber en panne, et le lave-vaisselle qu'il a fallu faire réparer, je vais devoir demander à mon comité d'entreprise un coup de main pour acheter un grand lit pour Gabriel. Je suis manager, je m'investis à fond au travail, je suis absente onze heures par jour de mon domicile, et je suis incapable de compenser par une vie facile sans soucis ! Ça me tue.*

- *Prenons un problème après l'autre : est-il envisageable d'évoluer dans votre carrière ?*

- *C'est compliqué. J'ai dû choisir, comme beaucoup de maman solo : être maman ou avoir une belle carrière. J'ai bien essayé de concilier les deux. Mais j'ai rencontré trop d'obstacles et reçu trop de foudre.*

- *Expliquez-moi.*

Alors je lui ai expliqué comment ça se passait dans mon entreprise, et comment ça se passait dans ma famille.

A quelques jours du grand oral de ma formation de manager, le directeur de l'agence de Marseille, la deuxième de France, est venu faire une intervention. Un homme haut en couleurs, beaucoup de charisme. Je me souviens de l'échange surréaliste, que je lui raconte :

- *Alors, dans quelques jours, vous serez managers. C'est bien. Mais quelle attitude vous promettra à une belle carrière ? Je vous écoute, ne soyez pas timides.*

Mon amie Marie avait tenté un :

- *Tenir les objectifs de notre contrat d'objectif et de gestion ?*

- *C'est bien, mais ce n'est pas optionnel, Marie, de tenir les objectifs, et c'est surtout très insuffisant pour se faire une belle carrière.*

Stéphane s'était lancé avec un :

- *Être à l'écoute de son équipe, valoriser les talents.*

- *Blablabla, c'est bien, vous serez un manager aimé de son équipe. Formidable, mais n'oubliez pas que vous n'êtes pas là pour les aimer ou vous faire aimer, mais pour les mettre au boulot. Une autre idée, allez, j'attends.*

J'avais pris la parole :

- *Les remontées terrain ? Faire connaître à la direction les pistes d'amélioration, les tensions éventuelles.*

- *C'est votre rôle de manager, ça, Elisabeth. On parle carrière.*

Il nous a laissé patauger pendant deux heures ! Sans succès. Puis il a fini par nous donner la recette :

- *Promenez-vous régulièrement à l'étage de la direction. Proposez des cafés, des biscuits, proposez d'aller boire un verre en after work, et, entre deux échanges, criez haut et fort ce que vous avez accompli ces derniers jours, et évidemment, prenez à votre compte ce que votre équipe a accompli, y compris si une bonne initiative individuelle ne venait pas de vous, faites-la vôtre. Votre équipe, c'est vous. Vous, vous et vous : tambours, trompettes. Si vous restez un gentil gratte papier, qui fait des heures sup, qui s'applique, dépasse ses objectifs, mais que vous ne le claironnez pas, vous resterez un gentil manager que la direction adorera exploiter et surtout ne pas faire avancer pour ne pas le changer d'un poste si bien tenu.*

Ce jour-là, j'ai été choqué. J'ai trouvé que ce gars était un goujat. Des années après, j'ai réalisé que ce mec était un génie, et que j'aurais vraiment dû l'écouter.

- *Docteur, je suis fatiguée de ce rythme imposé depuis ces dernières années. De longues années d'aller-retour, à tirer le diable par la queue parce que là où j'aurais dû avoir une brillante carrière si j'avais suivi les recommandations de l'Einstein tambours-trompettes, j'ai joué les gentilles fifilles à papa, bien appliquée, bien investie, qui prend soin de son équipe, de ses clients, qui met un point d'honneur à dépasser les objectifs, pour qu'on l'aime ! Toujours ce leitmotiv ! Alors on m'a gentiment augmentée tous les deux ans, juste ce qu'il faut pour ne pas me décourager. En réalité on m'a plus encensée que payée, pour mieux m'exploiter. Et les mauvais managers qui ont suivi les conseils de l'Einstein marseillais ont gravi les échelons quatre à quatre. On m'a souvent confié des équipes compliquées, parce que la gestion des conflits est devenue ma spécialité, on m'a également confié des services qui n'atteignaient pas les objectifs, pour que je les redresse, parce que je suis efficace et efficiente, et on a fait avancer aux plus hauts postes les pétasses incompétentes mais qui savaient jouer du clairon. Pourtant, on ne peut pas dire qu'on ne m'avait pas prévenue ni donné le mode d'emploi. Oh j'ai bien essayé de postuler ailleurs, afin d'améliorer ma carrière par d'autres moyens : j'ai postulé comme chef de centre en Ardèche. La DRH m'a annoncée que j'étais la grande gagnante. Qu'ils avaient hâte de travailler avec moi. Euphorique, juste après avoir signé le contrat j'ai averti mon ex-mari. Deux jours après je recevais une lettre de quatre pages de mon ex-belle-mère, cette femme que je considérais comme ma deuxième maman, pour me confier son étonnement. Sa déception. Qu'elle horrible bonne femme étais-je devenue !? Une ambitieuse qui faisait passer sa carrière avant son rôle de maman ? Et puis les menaces : Si je me fourvoyais dans cette mauvaise voie, elle et son fils entameraient une démarche pour m'enlever la garde de Gabriel.*

Le psy a sursauté ; il me regarde yeux ronds, bouche bée. Je continue.

- *Alors j'ai pris la plume, pour lui expliquer que cette promotion, c'était aussi et surtout pour améliorer les conditions de vie de Gabriel. Que je n'aurais pas d'héritage (des dettes peut-être), car, à l'inverse d'elle, mes parents ne m'avaient pas offert deux maisons, une à la mer l'autre à la montagne, encore moins de l'argent, et que je n'étais pas en couple, grâce à son fils qui justement avait demandé le divorce au motif qu'il ne voulait pas d'enfant, que je galérais tous les mois pour boucler les budgets les plus essentiels comme la nourriture, le logement, que tout reposait sur mes épaules, et que ce n'était pas les 250 € royalement versés chaque mois par son fils qui... etc...*

- *Comment l'a-t-elle pris ?*

- *Elle s'est excusée, elle n'avait pas réalisé. Mais c'était trop tard, j'avais renoncé au poste. Alors, avec son mari, ils ont pris en charge les loisirs de Gabriel : la musique et le sport.*

- *Bien.*

- *Ensuite j'ai préparé seule, en externe, le concours des directeurs. J'y passais des heures quand Gabriel était couché, ainsi que les week-ends, ou lors de ses vacances chez son papa. Et j'ai raté l'examen de 0,25 points, ce qui est exceptionnel pour une première tentative, sans préparation « maison » qui plus est. La directrice adjointe m'a convoquée le jour même des résultats. Elle m'a félicitée et m'a proposée d'intégrer la formation interne qui se déroulait sur six mois, au rythme d'une semaine par mois à Paris. J'étais flattée. Je voyais le bout du tunnel. Sans compter que le défi était passionnant et les postes qui en découlaient formidablement intéressants. Alors, j'ai demandé à mes parents de garder Gabriel ces six semaines-là. Ils ont d'abord accepté, puis, à deux jours de la première semaine de cours, j'ai eu droit à un sermon de ma mère qui m'a expliqué que le rôle d'une maman c'était de rester avec son enfant, elle était assez bien placée pour le savoir puisqu'elle, elle n'avait pas pu et qu'elle le regrettait. Et que, pour le bien de mon fils, ils se désengageaient de leur offre de le garder en mon absence.*

Je rêve où mon psy s'étouffe ? Ah ben tu crois que je n'en n'ai pas cherché, des solutions ?! Attend Freud 2, c'est pas fini.

- *Que pouvais-je faire ? Demander au père de m'aider, lui qui m'avait menacé indirectement de réclamer la garde exclusive de Gabriel sur le poste de chef de centre ? J'ai eu trop peur. D'autant qu'il s'était remarié, qu'il avait une situation stable, un meilleur salaire que le mien, une famille recomposée avec femme et belle-fille, qu'il vivait dans une maison avec un jardin : il avait toutes les chances d'obtenir la garde. Alors j'ai appelé le secrétariat de direction, j'ai fait annuler mes billets pour Paris et je suis allée m'excuser auprès de ma directrice. J'ai lu la déception dans ses yeux. La pouliche sur laquelle elle avait misée pour représenter l'entreprise la lâchait. Ce jour-là, j'ai compris que je venais de griller ma carrière. Deux ans après j'ai retenté ma chance, en postulant à la direction d'un établissement de santé à Briançon. Là aussi j'ai obtenu le poste, et là aussi j'ai eu les foudres familiales. J'ai capitulé.*

Le silence qui s'installe est gênant. Le médecin a pitié de moi, je le sens. A cours d'arguments, il propose une autre piste :

- *Et si vous déménagiez pour trouver un appartement avec un loyer moins élevé ?*

Moi, du tac au tac :

- *Qui dit Côte d'Azur dit loyers exorbitants.*

- *Changer de véhicule ? Un scooter ? Ça vous ferait gagner le temps perdu dans les embouteillages, autoroute moins chère, essence aussi, et plus de problème de stationnement.*

Ah ben voilà ! Ça n'est pas la révolution du siècle, mais ça n'est pas bête ! Donc, achat d'un deux roues pour faire des économies… sur le long terme.

- *Pour le quotidien,*

Je le coupe :

- *Se lever et se débrouiller pour qu'on soit à l'heure à l'école et au boulot tout en échangeant un moment complice, travailler, rester motiver, motiver mon équipe, atteindre les résultats, jongler quand Gabriel est malade. Et quand je suis malade aussi… jongler, toujours jongler. Le pauvre petit est à la garderie tous les matins et certains soirs…*

- *C'est le lot de beaucoup de parents célibataires et d'enfants…*

- *Hum hum* (ah tiens, ça faisait longtemps !).

Il a fini la séance en me conseillant de lire un livre sur l'assertivité, pour apprendre à défendre mon point de vue. Maintenant que le divorce était digéré, qu'il ne me fragilisait plus, et que mon expérience de manager avait musclé mon argumentaire, il était temps, quand je prenais des décisions sur ma vie, et qu'elles me paraissaient justes, de savoir les imposer à mon entourage.

Cahier journal / intime, Damien Coban

Mardi 25 septembre

Constats généraux

Mutation pour remplacement estimé à l'année entière dans un village en pleine expansion démographique et économique. Plage à six minutes de l'école, maison à onze. Petite école, gros moyens. CM1.

Bilan de la première journée

19 élèves. 19 mamans. 12 potables, dont 6 franchement bien roulées. 4 célibataires.

Plan d'attaque

Toujours le même : attendre un peu avant de faire la réunion de début d'année. Histoire de connaître bien leurs enfants, pour les toucher en plein cœur. Style vestimentaire décontracté, biscuits secs, apéro, mec abordable, copain.

Positionnement professionnel : maîtrise du sujet (rassurer), discours démago « mon métier c'est ma passion, ce remplacement promet d'être l'un des meilleurs de ma carrière, vos enfants sont des génies, le fait que je sois un homme rend le travail de l'autorité très naturelle, ils progresseront plus vite sur les règles de vie en société, le respect, blablabla » => admiration, surtout des mères célibataires. Très vite installer le tutoiement. Placer que je suis veuf, que j'ai lâché ma carrière de chef cuisinier pour élever mes enfants qui font maintenant des études supérieures, ça force le respect et tire les larmes. Autant surfer sur ce drame. Enoncer plusieurs fois que je suis très disponible, que je n'ai pas de contraintes, personne ne m'attend le soir : A bonnes entendeuses...

<u>Premier classement</u>

La maman d'Alexis : 17/20 Atout : des strings qui dépassent de ses pantalons taille basse bien moulants. Vive la mode.

La maman de Gabriel : 16,5/20 Proie intéressante. Le petit a un problème de vue. L'accroche est toute prête. D'autant que, divorcée, elle vit à travers son gamin. Atout : grande, fine, elle portait jeudi une petite jupe plissée qui mettait en valeur de très jolies jambes...

La maman de Julie : 14/20 Sur le podium. A de gros, de très gros avantages... Une gorge généreuse, toujours mise en valeur. Mais un peu niaise.

Mardi 2 octobre / RV psy : Le loup entre dans la bergerie

J'arrive déterminée à ce rendez-vous. Avec la certitude de faire le bon choix.

- *Bonjour Elisabeth. Vous voilà bien élégante et pleine d'énergie.*

- *Merci. Alors voilà, je pense que l'on va pouvoir espacer les rendez-vous. Voire les arrêter. Il se trouve que, dans la balance de mon déséquilibre, il y avait le fait que mon fils n'ait pas de référent masculin à la maison. Et bien le destin nous offre mieux encore : un référent masculin qu'il va voir plus souvent que s'il y avait un homme à la maison ! Son instit cette année est un homme ! Finie la culpabilité.*

- *Oui, enfin, c'est plus compliqué que ça. Il s'agit aussi de votre vie de femme*

Je le coupe

- *Ma vie de femme ? Parlons-en : le matin, c'est la course pour être à l'heure à la garderie et au boulot. Même si le scooter me fait gagner du temps, c'est encore trente minutes de trajet aller. Huit heures de travail dans un bureau à aire ouverte où je passe plus de temps à gérer les humeurs des uns et des autres qu'à boucler des dossiers. Le boulot de manager n'est pas de tout repos. Entre la gestion de l'insupportable bonne femme, colérique, agressive, mais la plus rapide du groupe et la plus qualifiée, l'alcoolique qu'il faut mettre au boulot, celui qui passe des heures sur son téléphone perso ou en pause-café, la législation et les procédures qui changent tous les mois, et la logistique, ordinateurs, imprimantes, climatiseurs, chauffage régulièrement en panne, quand il ne faut pas gérer les toilettes bouchées, faut gérer les tonnes de dossiers en cours... Ma pause déjeuner dure quarante-cinq minutes. Je la prends dans le restaurant d'entreprise à engloutir un repas médiocre devant des collègues stressés. Et le soir, trente minutes de trajet retour. Ensuite c'est le feu : récupérer Gabriel à la garderie, ou libérer maman qui s'en est occupé. Donner le bain, vérifier les devoirs, préparer les affaires du lendemain, tout en préparant à manger, et de préférence un truc équilibré et sain histoire de compenser nos repas cantine du midi, -donc, deux plombes en cuisine-, câliner un peu mon fils, le coucher, m'affaler sur le canapé en me vidant le cerveau devant n'importe quel film dont je vois rarement la fin... et ça recommence. Tous les jours. Alors, ma vie de femme...*

- *Mais il y a les vacances, les week-ends sans votre fils.*

- *Où je profite pour faire un peu de sport, voir mes amies, faire les courses, le ménage et hop, c'est reparti. Vous voyez le concept ?*

- *Un homme pourrait vous soulager dans votre quotidien.*

- *Vous me vendez du rêve Docteur ! Que dis-je ! De la science-fiction ! Vous imaginez le profil ? Cherche homme pour m'aider à élever mon fils, répartir les tâches ménagères, partager les frais fixes et quand il restera du temps, s'occuper de ma vie sexuelle ? Si possible bien monté et pas éjaculateur précoce ? Non, je n'ai pas le temps ni le profil pour ça. Alors oui il y a du vide affectif dans ma vie. A moi de le remplir par la méditation, les copines, la lecture, les soirées avec mes amis. Pas de sexualité ? La grande affaire. Quand je vois à quel point la sexualité était épanouissante avec Paul et les trois autres qui ont suivis... Franchement, quel temps perdu ! Le sexe sans amour... c'est un peu comme le jacuzzi sans les bulles... un enchainement de positions du Kâmasûtra sans grand intérêt quand il n'y a pas d'intensité, de sentiments. Ce moment qui devrait être le plus fort en intimité, complicité, devient une sorte d'activité vulgarisée.*

- *(à court d'arguments le mec, tant ma vie le fait rêver).*

Du coup, je me dis que je vais le rassurer, car, à ce moment précis, il a un regard sur moi qui me fait de la peine sur ma propre vie, alors que le but c'est quand même qu'il m'aide un chouia.

- *Vous savez, le bonheur n'est pas forcément dans le couple. C'est un idéal, certes, mais pourquoi faudrait-il forcer le destin ? Je me suis construite une petite vie tranquille qui me rend heureuse. Reste ce problème de finances à régler et voilà. Je finis par trouver ça presque mesquin d'attendre que ce soit quelqu'un d'autre qui me rende heureuse. Mon bonheur, c'est ma responsabilité. Pourquoi briser cet équilibre en faisant rentrer dans ma bulle quelqu'un qui va me décevoir à un moment ou un autre ? Non, vraiment, vous ne me convaincrez pas. J'aimerais que l'on ne se voie plus pendant un temps..*

- *Je vous laisse me rappeler alors. Vous avez votre carte vitale ?*

Il me sourit et me salue. Il sait que je vais vite rappliquer.

Cahier journal / intime, Damien Coban

Samedi 23 octobre

La maman de Gabriel : première et deuxième approche en une journée.

Fin de matinée, on était censés parler de son fils, on a dû évoquer son problème de vue dix minutes, de toute façon le gosse s'en sort très bien depuis que le spécialiste des mal-voyants a mis en place des petites choses qui lui facilitent la vie : écrire en jaune au tableau, lui donner les travaux sur du A3. Bref, on a surtout parlé d'une passion commune, les voyages, puis sur un point commun, notre célibat.

<u>Stratégie</u>

Mon parcours personnel l'a attendrie. Parfait.
Le petit coup de fil cinq minutes après l'avoir quittée, pour lui dire que j'avais adoré discuter avec elle (ce qui est vrai), et une tonne de compliments : gentille, belle, intelligente comme on n'en voit guère. Ouverte, pédagogue, maman géniale. J'ai placé que j'aimerais qu'on devienne amis et même l'aider si elle a des soucis avec son fils… Dans la foulée, je l'ai invité à venir voir mes peintures, avec Gabriel, bien sûr, chez moi, l'après-midi même. Sa garde est tombée immédiatement. On a passé deux heures formidables. Elle a adoré mon art, s'est intéressée aux peintres que je lui ai présentés pendant que le petit dessinait. Elle a des fossettes craquantes et des jambes incroyables. Elle rougit chaque fois que je la flatte, j'adore ça. Elle est sensible, cultivée juste ce qu'il faut, naïve mais sexy, ça va être un délice…
Vendredi soir, elle passe à la casserole.

Lundi 25 octobre, Réunion au sommet

11h50 – Alors que je bûche sur le dossier clients/fournisseurs, Sabine m'appelle. Je sors du bureau à aire ouverte me réfugier dans le couloir.

- *Alors ? Ça avance avec Damien ?*

- *Oui ! Il est venu chez moi samedi matin.*

- *Hein ?! Mais tu ne devais pas le voir jeudi à l'école ?*

- *Il avait un problème de concertation avec ses collègues, les parents n'étaient pas autorisés dans l'enceinte de l'école, alors on s'est vu chez moi samedi matin.*

- *Normal,* remarque Sabine sur un ton sarcastique. *Je te rappelle que je suis aussi instit, et que je ne vais jamais chez les parents d'élèves… après je dis ça, je dis rien.*

- *Disons qu'il est … très investi ?*

- *Ta naïveté est d'une fraîcheur vivifiante !*

- *Plus que tu ne crois…*

- *Ah ! Ça devient chaud ! Raconte !*

- *D'abord, il est arrivé en Z3 décapotable, lunettes de soleil, sac en bandoulière, jean à la mode, t-shirt noir et veste de costume, le parfait look du serial lover. Je me suis attendue au pire côté cerveau. Et en fait pas du tout ! On a parlé pendant deux heures, sans blanc gênant, comme si on se connaissait depuis toujours ! Les voyages, les enfants, nos vies, l'art. Et il m'a invitée à aller voir ses toiles.*

- *T'as dit oui ?* me coupe Sabine.

- *Oui... chez lui le soir même !*

- *Mais non ?!*

- *Mais oui ! Mais je ne suis pas complètement inconsciente, Gabriel nous chapotait. D'ailleurs il a adoré aller chez son prof.*

- *Excellent ! Alors, il est comment physiquement, ce Damien ? Il te plait ?*

- *Ecoute, c'est ça qui est étrange, l'opposé de ce qui m'attire chez un homme en général. Il est plus petit que moi, de bien cinq centimètres je dirais. Il est blond, je préfère les bruns. Il a de beaux yeux verts. Mince mais hyper musclé. Et il a un cul !!! D'Africain !!! Il m'a invité vendredi soir !*

On éclate de rire.

- *Si ce qui est devant est aussi d'origine africaine, tu vas passer une bonne soirée vendredi*, se gausse Sabine.

- *T'es con ! Mais euh... vu l'empreinte sur son jean moulant... tout vient d'Afrique !*

- *Oh my god, ça va être chaud !*

On rit tellement fort que j'entends à peine les pas derrière moi... Le regard libidineux de l'agent comptable, -numéro deux de la boite, un monsieur d'une soixantaine d'années, beaucoup d'esprit, un brin lubrique-, me confirme qu'il a tout entendu. En me dépassant, il se penche vers moi et me murmure à l'oreille :

« *Bon voyage en Afrique Elisabeth. J'ai hâte que vous me racontiez votre safari lundi...* ».

J'ai tellement rougi que j'ai dû l'éblouir ! Mais il n'empêche que le lundi suivant je lui ai envoyé ce mail : « *Les ressources de l'Afrique sont à la hauteur de leur notoriété...* ».

Ma tatie, La nymphose, premiers pas

C'est une femme amoureuse qui t'écrit ! Contre toute attente, ça m'est tombé dessus ! L'instit de Gabriel ! Un homme complexe mais intéressant, qui a une passion pour la gastronomie et la peinture. Son univers est riche, tout comme lui a priori. Un parcours un peu atypique : il y a quinze ans, quand son épouse est décédée, il a arrêté son métier de chef cuisinier pour s'occuper de ses jeunes enfants. La vente de son établissement lui a permis d'engranger pas mal d'argent, et devenir professeur des écoles lui permettait d'avoir du temps pour sa progéniture. Preuve que c'est un mec bien. Maintenant qu'ils sont étudiants, il a dû temps pour peindre, exposer.

Le début de la relation a été un peu compliquée. Lui, blessé par les femmes de son passé, et moi, trop pressée de mettre fin à mon célibat. On a été en décalage pendant plusieurs mois. La relation est un peu à l'image de son parfum, très masculin : une fragrance envoûtante, le feu et la glace, un mélange d'effluves sensuelles de bois, de cuir, de violettes. Un équilibre troublant entre fraîcheur et brûlure. Un bouquet viril, séducteur, qui s'accorde bien à sa personnalité.

L'intérieur de sa maison est tout aussi désarçonnant. Toutes les pièces ressemblent à un hôpital. Blanc, propre, pas de déco. Impersonnel. Dans la salle de bain, ses affaires sont rangées dans une trousse de voyage. Comme s'il n'investissait pas les lieux. Il dit que c'est parce qu'il se déplace beaucoup, pour ses remplacements et pour voyager lors des week-ends et des vacances. En revanche, son atelier est, comment dire ? « Deux salles, deux ambiances » ! Des plantes vertes partout. On dirait une jungle. Des bougies allumées de-ci, de-là, de l'encens aussi. Ça sent l'ambre et la vanille. Un mur couleur rouge brique. Des livres d'art, de cuisine, de voyages et des romans policiers, historiques, partout, au sol, sur la table, les étagères. J'ai adoré découvrir son univers, sa passion pour la peinture. Il aime m'expliquer les techniques qu'il utilise pour créer des effets bois, cuir, brillance, mat, relief. Dans cette grande pièce baignée de lumière règne une pagaille joyeuse. Un bazar inouï où se côtoient, pèle mêle, des dizaines de pinceaux qui trônent dans des pots en verre, des pigments de toutes les couleurs, de la poudre de marbre, de la colle, du ciment, de l'alginate, des liants, des solvants, des toiles vierges de toutes tailles, des toiles inachevées, des tableaux, du bois, de vieux vinyles, des crayons, des feutres, des pastels, de la ferraille, des photos, un crâne, des torchons, des vieux livres, des cartes postales, des dessins griffonnés, bref, tout le nécessaire pour exprimer sa créativité.

Tu vois, ce gars c'est ce que j'ai ressenti quand je suis venue te voir à New York : de la fascination ! Une envie infinie de tout découvrir et d'y rester, concomitante à l'envie étouffante de fuir, car gênée par trop de…trop de trop !

Mais j'ai une troublante envie de lui, lui et personne d'autre sur la planète. C'est quasi animal. Alors que mon cerveau sonne le « Attention, danger », mes hormones le font taire et m'ordonnent de foncer. Parce qu'il est vrai que depuis des mois, il souffle en permanence le chaud et le froid. Des tonnes de compliments (sur mon physique, mon intellect) et des tonnes de reproches (les contraintes inhérentes à mon fils, mon rythme de travail, mes attentes de la vie à deux, et parfois même de devenir trop proche de ses enfants). Des colères et des excuses. Des envies de me voir et des doutes sur notre compatibilité. Des envies d'une relation sérieuse, puis d'une relation amicale. Et quand on se voit en ami, il ne peut pas s'empêcher de me toucher, me séduire, s'excuse, recommence... Les montagnes russes !

Mais, Tatie, quand tout va bien, c'est une relation tellement exceptionnelle que je m'accroche en attendant qu'il s'apaise. Et puis ça me change de la monotonie de mon existence. Il m'invite dans des palaces et dans des restaurants étoilés, on passe des heures à déambuler dans des musées captivants, à Londres, Lyon, Barcelone, Nice, à évoluer entre les œuvres de mes artistes préférés, Rothko, De Staël, Chagall, Klimt, Brancusi, Miro, Calder, Braque, Nikki de St Phale, Giacometti, Klein. On verra bien où tout ça me mène. Mais une chose est certaine : je l'ai dans la peau !

Ta nièce qui prépare sa valise pour l'Italie (avec Don Juan ou Don Quichotte ?), beau pays, quelle que soit la région, quand toi tu habites maintenant Paris !

Ma chère nièce, Toujours se méfier de la poudre de perlimpinpin

Ton dernier mail me laisse perplexe. Heureuse de voir que tu vibres, inquiète de ce que l'objet de ton désir dégage. Ce jeu du chat et de la souris n'annonce rien de bon, j'en ai peur. Ces dernières années ont été difficiles pour toi. Tu as dû affronter de nombreux obstacles, faire face à un grand nombre de responsabilités. Tant que cet homme t'apporte de la joie, de la culture, continue. Mais si tu sens parfois de la culpabilité, si tu as l'impression d'être une petite fille que l'on vient de gronder, quelqu'un qui ne peut pas exprimer ses pensées sous peine de le mettre en colère, empêtrée dans ce dilemme « Je ne veux pas qu'il soit en colère contre moi parce que je veux qu'il m'aime » : fuis ! L'amour n'est pas une relation manipulant-manipulée. L'amour c'est une relation basée sur l'échange, le partage, la tendresse, la passion, la douceur, le respect.

J'espère me tromper. Amuse-toi, vas voir des expositions, écouter de la musique, prendre du bon temps, tu le mérites tellement ! Mais garde à l'esprit que tu n'as pas besoin de lui pour vivre tout cela. Avec un peu d'astuces tu peux te l'offrir. Vous ne devez pas partager ces extras pour de mauvaises raisons (lui pour ne pas être seul et toi pour enjoliver ton quotidien). C'est l'envie d'être ensemble pour vivre ces expériences qui doit prévaloir.

Ta tante, qui n'est plus à Paris depuis trois mois ma chérie ! Je suis aussi en Italie ! En attendant de trouver le bon endroit pour ouvrir une galerie d'art, je profite de la dolce vita : je suis des cours de cuisine italienne, prends mon café le matin sur une des multiples places de Rome, en lisant mon journal, tranquille.

Ma tatie, L'amour rend aveugle

En faisant du tri dans ma messagerie je suis tombée sur nos premiers échanges par mails (notamment un où tu me mettais en garde vis-à-vis de Damien... quel flair !). On s'est pas mal croisé ces dernières années toi et moi, négligeant nos échanges épistolaires, et je me rends compte qu'on se livre plus quand on s'écrit. Je regarde mon passé et vois le chemin parcouru. Tant de changements ! Que de galères ! Mais aussi de belles satisfactions ! Gabriel vient d'avoir son bac avec mention et, à la rentrée, il intégrera l'école d'architecture de Marseille. Il grandit bien. C'est un beau jeune homme doux, bienveillant, intelligent, qui déteste le conflit et tente toujours d'apaiser les situations. Il s'investit dans ce qu'il fait, réussit tout ce qu'il touche, le sport, la musique, la création d'objets, de meubles, mais il se lasse vite. En fait, il se lasse dès que la compétition pointe le bout de son nez. Il m'a épargné une crise d'adolescence, et je l'en remercie ! George m'a confié dernièrement, ému, « Je ne voulais pas d'enfant, le ciel m'a envoyé un ange ». Ça m'a fait chaud au cœur. Ce petit-grand, comme je l'appelle, est très autonome et bien dans ses baskets. Il est posé et mature pour son âge. On a une jolie complicité qui agace parfois Damien. Mais on s'en fiche ! Dix ans que cet homme refuse de prendre une place officielle avec moi, il n'arrivera pas à casser ce qu'il y a de plus solide dans ma vie. Chaque fois qu'il s'éloigne de nous, ou que je l'éloigne de nous à cause de sa relation à des ex très envahissantes, j'ai mis en place un rituel qui panse ma douleur : Gabriel et moi partons à l'étranger. Parce que, une fois encore, tu avais raison : avec quelques arrangements je peux nous les offrir, à Gabriel et à moi, ces moments d'évasion. J'ai commencé en douceur avec une destination facile : La Tunisie. Mon comité d'entreprise propose régulièrement des semaines all inclusives à prix réduits, alors, je me suis dit que je méritais une semaine allégée des contraintes du quotidien. Une semaine à ne pas courir d'une obligation à l'autre. Une semaine sans avoir à cuisiner, travailler, ranger, nettoyer. Une semaine à profiter des piscines gigantesques, des belles plages, logés dans un hôtel tout confort où la nourriture jonche à profusion d'infinis buffets... La première fois, c'était pour ses dix ans. Je t'avais envoyé des photos. Le sourire ne l'a pas quitté du séjour. J'ai été bluffée par sa capacité d'adaptation, tant dans les moments touristiques que dans des moments plus authentiques, quand on sortait de la cage dorée. Sa curiosité durant les longues heures de trajet, mal assis dans les cars bondés d'humains mais aussi de poules, sa maîtrise et son plaisir quand il a conduit un quad dans les dunes de sable, son émerveillement devant l'immensité et la majesté du désert, son intérêt pour le mode de vie des tunisiens, son attention lors de la visite des maisons troglodytes, sa joie de découvrir la cuisine locale et le thé vert à la menthe avec les pignons. Il en buvait tous les jours. La destination étant proche et peu onéreuse, nous y sommes retournés deux fois. Et puis quand j'ai eu ma promotion il y a quatre ans, j'ai observé que nos meilleurs souvenirs de voyage, c'était les moments hors des sentiers battus. Par exemple, en Tunisie, notre meilleur repas fut un sandwich réalisé par une maman tunisienne dans le désert. Elle avait fait un trou dans le sol. Au centre, elle avait allumé un feu. Quand il y eu une bonne braise, sur les bords du trou elle a posé des morceaux de pâte à pain arrondis et a couvert le tout. Quelques minutes plus tard, elle a prélevé les galettes rondes, gonflées, cuites, et les a fourrées de tranches de tomates de son jardin, gouteuses, juteuses, pleine de soleil. Elle a ajouté du concombre, du poivron vert, des olives noires et une huile d'olives à la saveur fleurie, c'était un délice ! J'ai alors senti qu'il était prêt. J'avais envie de lui faire vivre ça : le voyage découverte sans groupe, sans agence. L'itinérance, logés dans des cases sur la plage et de temps en temps dans les chambres cossues d'hôtels quatre étoiles. Et c'est comme ça qu'il y a quatre ans nous sommes partis, sacs à dos légers, trois semaines en Thaïlande. Te souviens-tu de la vidéo que je t'avais envoyé quand on était dans cette clinique vétérinaire qui offrait une fin de vie tranquille pour les vieux éléphants maltraités par le tourisme de masse ? On y avait passé trois jours dans une nature luxuriante, logés dans un merveilleux bungalow sur la fameuse rivière Kwai à Kanchanaburi. Tous les jours on coupait des végétaux et des fruits (principalement des bambous, ananas, bananes) qu'on donnait à l'éléphant dont on avait la charge. Cent cinquante kilos de nourriture par jour pour chacun d'entre eux ! Deux fois par jour, on montait sur ces imposants pachydermes et on partait à la rivière pour les rafraichir. On restait sur eux pendant la baignade, à se faire arroser, à les observer jouer. C'était des moments hors du temps ! On en revenait trempés, pleins de boue, mais hilares ! Tu m'avais fait remarquer son regard pétillant et le sentiment de joie que son corps dégageait. Gabriel a aimé Bangkok et son agitation, le chill à Koh Lipé, mais par-dessus tout il a adoré Koh Lanta pour la sensation de liberté qui y régnait ! J'y avais loué une minuscule maison au confort très rudimentaire : les murs bruts, un toit en tôle, deux chambres, une pièce commune avec le strict minimum, la salle douche en extérieur, cachée de murs végétaux. Mais cette petite cabane était posée sur la plage ! Quel luxe pour vingt euros par nuit ! En Thaïlande, les couleurs vives des temples et le bruit des cloches à leur entrée, leur faste, les bouddhas dorés, les rituels fleuris, les habits traditionnels soyeux jaunes, violets, orange, la nourriture savoureuse, les fruits (mangues et ananas) juteux et gouteux déjà épluchés et coupés, en vente partout pour rien, les jus de noix de coco qu'on sirotait sur la plage, tout l'enchantait. Il passait des heures à observer les poissons, les coraux, équipé de masque et tuba, à faire des records d'apnée. De temps en temps, on se faisait masser sur la plage. Pour cinq euros, on se laissait toujours tenter. Et au milieu du massage on échangeait des grimaces et des regards pleins de fous rire qui voulaient clairement dire « Mais en plus on paye pour subir ça ?! ». C'était très drôle, car les masseuses n'étaient pas toutes douces et expérimentées. Parfois on se faisait vraiment malmener, tordre dans tous les sens, mais qu'est-ce qu'on rigolait. Plus que tout, j'ai aimé qu'il observe la mentalité asiatique et que ça nourrisse sa réflexion sur la vie. Un jour que nous nous promenions sur Koh Lanta en scooter, il m'a fait cette remarque en observant un groupe de thaïlandais qui riait sur le bord de la route « Tu vois, on dirait qu'ici, le but c'est d'être heureux, pas de travailler, comme chez nous. Eux, ils vivent. ». Je me souviens que nous avions écourté notre séjour à Ayutthaya car ça n'était pas assez joyeux et que les rues sentaient mauvais (et qu'il en avait assez de visiter des temples à vrai dire), ainsi qu'à Koh Kadran parce que l'ile était minuscule et que le seul hôtel de luxe sur place était destiné à des couples amoureux, pas à un enfant de quatorze ans et sa maman solo. Si ce voyage n'avait pas suffi à me faire oublier Damien, il m'avait apaisée. Mais à peine avais-je posé le pied à Roissy Charles de Gaule, qu'en allumant mon téléphone, les nombreux messages de Damien me replongeaient dans le bain. Excuses, promesses, demandes de pardon et c'était reparti. Parce qu'à ce moment-là, on se dit à soi-même « Tu vois, tu ne t'étais pas trompée, il est amoureux et vraiment bien ce gars. Il avait juste besoin d'un peu de temps, blablabla. » Est-ce l'égo qui brouille le regard ? C'est dur d'accepter nos erreurs. Et puis repartir à zéro dans une relation, je n'en n'avais pas envie. Il faut tout recommencer, encore se révéler à quelqu'un, rentrer dans un nouvel univers, découvrir un nouvel homme. Il y a probablement quelque chose de l'ordre de la peur de la nouveauté qui a dû aussi être un facteur pour que je retourner avec Damien. C'était donc reparti pour deux années plutôt réussies, avec ces moments qui ancrent une relation : les choses simples comme faire les courses ensemble, lire côte à côte, cuisiner, jardiner, s'endormir l'un contre l'autre, et les moments forts comme les Noël en famille tous ensemble, anniversaires, vacances avec nos enfants, nos parents, randonnées dans les Pyrénées, la Savoie, les Alpes, etc. Naturellement, comme c'était de très bons moments, que la vie était fluide et heureuse, j'avais envie d'aller plus loin, je souhaitais plus d'engagement. Pas lui. L'argument « Je ne suis pas encore assez sûr de nous » m'a fait comprendre qu'il ne serait jamais prêt. Avec moi en tout cas. Alors je me suis retirée du jeu petit à petit, réalisant que nous n'attendions pas les mêmes choses de la vie. Dès que je me suis éloignée, la nature ayant horreur du vide, Damien a renoué avec ses ex. Un jour je suis tombée sur l'échange de trop, plein de cœurs rouges. J'ai fait une crise, violente. A la hauteur de mon agacement pour son comportement, à la hauteur de ma déception de la tournure que prenait la relation. Comme pour me convaincre moi-même que la séparation était nécessaire. Il est parti.

Quelques mois après, j'achetais deux billets pour l'Indonésie. Nous y avons passé trois semaines merveilleuses (Gabriel a raté une semaine d'école, mais il a tant appris en géographie, histoire, culture, langue, que, franchement, ça ne m'a pas perturbée). Première étape, parce que j'avais vraiment besoin de prendre soin de moi, nous nous sommes arrêtés quatre nuits à Jogjakarta, dans un hôtel cinq étoiles incroyable : la structure du bâtiment imite un impressionnant temple hindou, entouré de 22 hectares de jardins paysagers tropicaux, pourvu d'une gigantesque piscine lagon équipée d'un toboggan de 70 mètres de long et d'une spectaculaire cascade. Autant te dire qu'on est très peu sortis ces jours-là ! (Notre unique sortie ne nous a d'ailleurs pas encouragés à réessayer : sept longues heures à se faire balader, sous une chaleur écrasante, entre bus, taxi, tuktuk par des indonésiens qui ne connaissaient absolument pas le soi-disant grand jardin botanique à ne pas rater dans le coin, mais qui ne pouvaient pas se résoudre à renoncer à la course.) Séjourner dans cet hôtel, c'était un peu comme être dans un parc d'attractions. On a adoré jouer aux pachas, s'amuser de bassins en bassins, dévalant le toboggan, riant aux éclats. Ensuite nous avons pris un avion puis un bateau pour aller buller cinq jours sur Pulau Macan, petite île paradisiaque nichée dans les Thousand islands. L'éco resort est très bien pensé : chaque bungalow est situé de sorte à donner l'illusion d'être seul sur l'île. Je me souviens qu'on s'allongeait de longs moments à plat ventre sur le bois chaud de la terrasse de notre bungalow grand luxe, pour observer les nombreuses de petites raies noires et les poissons colorés qui passaient sous nos yeux, dans une eau émeraude cristalline. A quelques mètres, nous profitions de grandes plages de sable blanc entrecoupées de mangroves. Personne sur les plages ! Au milieu l'île, il y avait des espaces communs pour emprunter des kayaks et de quoi faire du snorkeling, lire dans des hamacs ou de grands canapés, bercés par de la musique lounge, et un coin avec un billard. Les repas étaient délicieux et savamment équilibrés. Comme chaque voyage a ses moments moins glorieux, en voilà un que je ne suis pas près d'oublier : en revenant sur Jakarta, la mer était démontée. Un peu méfiante, j'ai refusé le comprimé que le skipper nous proposait. Il avait beau insister, je tenais bon. O l'erreur de débutante ! J'ai vomi et eu la diarrhée non-stop toute la durée de la traversée ! C'est Gabriel, quinze ans, qui a géré le taxi qui nous amenait à l'hôtel ! Autant te dire que je ne pars plus jamais sans une trousse de médicaments bien remplie. Le lendemain de cette épopée un poil humiliante, nous partions pour une autre journée originale. Deux heures de vol dans un avion léger, petit jet brinqueballant pas très rassurant qui génère une attitude très humaine : tu deviens d'un coup d'un seul très croyant ! Alors là oui tu pries Dieu et tous le Saints pour que le vol arrive à destination, entier. Ensuite on a passé une heure à se faire secouer par un gros quatre-quatre robuste dans une brousse sans route, traversant des villages plus que sommaires où les habitations sont des assemblages de pierres, tôles plastiques, feuillages, boue séchée. Nous sommes arrivés en bord de mer et là nous avons pris un bateau pendant quarante-cinq minutes. Le bateau s'est arrêté à une dizaine de mètres de la plage. L'équipage a jeté nos valises dans une barque qui nous a conduit sur l'île d'Alor, dans ce paradis pour plongeurs qu'est le resort Alor Divers créé par mon cousin préféré ! Plus de vingt ans qu'on ne s'était pas vu puisqu'il avait quitté La Ciotat pour aller vivre dans ce paradis, aux fonds sous-marins exceptionnels. Il nous a reçu comme des rois, et pendant que Gabriel s'initiait à la plongée sous-marine avec lui, je lisais sur des plages infiniment longues, calée dans un sable doux, nacré, qui ne colle pas, et entre deux paragraphes je nageais dans une eau à vingt-sept degrés. J'ai aimé ces retrouvailles avec Pierre, découvrir sa charmante épouse, une Slovène qui venait faire sa thèse de biologie à Bali et qui n'en n'est jamais repartie, et leurs deux filles. Parti de rien, Pierre a toute mon admiration : il a construit une très belle affaire et vit heureux une vie qu'en général on rêve, mais rares sont les personnes qui ont le courage de la réaliser. Nous avons fini le séjour par quatre jours à Ubud, où nous alternions nos journées entre balades en scooters le long des rizières et des lacs de nénuphars, -paysages enchanteurs d'une beauté céleste-, faisant des pauses dans de petits restaurants, où, tout comme en Thaïlande, tu manges des plats succulents pour trois fois rien, et passages émerveillés dans la forêt des singes, une forêt tropicale à la végétation luxuriante et dont les singes sont légion. Gabriel adorait les nourrir de bananes, les observer, les laisser grimper sur ses jambes et son dos, et il ne leur en n'a pas voulu quand l'un d'eux l'a mordu.

Voilà pour mes semaines de vacances de maman célibataire...

Le reste du temps, je travaille, encore plus qu'avant. J'ai été promue. J'ai quitté l'encadrement en production pour le management en communication. Exaltant ce poste ! Mais hyper stressant aussi. La direction met davantage la pression aux équipes dans le paraître que dans l'efficacité de ses services. A force de promouvoir des personnes plus avides que talentueuses, la gestion de la mission de service public devient désastreuse. Ces beautés qui semblent avoir été castées plutôt que recrutées, passent leur temps à trouver des subterfuges pour faire croire que les objectifs sont atteints. Les agents sont tellement pressés comme des citrons qu'il n'y a plus de temps pour les envoyer en formation. Ils doivent se débrouiller avec des fiches de cas généralistes, l'essentiel étant de tenir les objectifs. Par exemple, ne pas dépasser deux minutes au téléphone avec nos « clients », ou régler un maximum de dossiers par jour, peu importe s'ils sont faux... Les exigences d'image passent avant celles de résultats. La direction en demande toujours plus mais n'est pas en capacité de payer correctement ses salariés. Depuis que je suis à la Com, terminées les augmentations biannuelles. J'ai droit à des remarques du style « Déjà que votre travail est fun, n'imaginez pas d'augmentation cette année ». « Alors, ma grande, si tu trouves que le résultat de mon travail est fun, c'est que mon équipe et moi-même l'avons bien réalisé. Et pour que tu le trouves « fun » c'est qu'avant ça, nous, on a bien sué ! ». C'est ça que je devrais lui répondre. Sauf que risquer de perdre mon emploi pour des directeurs surdiplômés mais sous-compétents, ce serait dommage.

Quant à Damien, car il est toujours d'actualité, et bien de son côté, il a arrêté la peinture. Et tant mieux. Il prenait beaucoup de psychotropes au motif que tous les artistes sont des drogués, et comme tu l'avais justement observé « Si ça n'est pas tout à fait vrai, l'inverse l'est encore moins : tous les drogués sont loin d'être des artistes ». Bref, ses tableaux étaient de belles compositions de couleurs et de matières, mais il n'avait pas le talent d'un Rothko ou d'un De Staël ! Il y a six ans, il a arrêté ces addictions, démissionné de l'éducation nationale pour devenir Conseil culinaire. Ce qui revient à beaucoup voyager, déjeuner dans des restaurants gastronomiques et être payé une fortune pour ça. Il me fait largement profiter de ces avantages : nous allons régulièrement enchanter nos yeux et nos papilles dans des endroits prestigieux. Les assiettes servies ressemblent à des œuvres d'art et les saveurs explosent en bouche, dans des équilibres subtils et parfaits des goûts et des textures. Que de délices !

Le monde de la cuisine est passionnant. Les cuisiniers sont des hommes généreux qui font ce métier pour rendre leurs clients heureux. Mon palais se réjouit de ces moments privilégiés. Mais pas que. Mon cerveau également, car ils ont beaucoup d'esprit et un bon sens pratique bien agréable. Le mois dernier, un des chefs présents au repas d'une confrérie de maitres cuisiniers faisait une petite remarque pleine d'ironie à un prof de cuisine « Au lieu d'apprendre aux apprentis à revisiter des recettes, vous feriez mieux de bien les leur faire visiter. ». Le prof a failli s'étouffer. Et moi je n'ai pu m'empêcher de pouffer. Un autre chef en a profité pour ajouter que ça n'était pas normal que ce soit lui qui doive leur expliquer trop souvent qu'il valait mieux que l'assiette soit moche mais savoureuse plutôt que le contraire. Bref, le constat est qu'un retour aux fondamentaux est également nécessaire en école de cuisine. Le prof ne s'était pas déplacé pour rien !

Quand je redeviens la reine des abeilles et que Damien semble apaisé et fidèle à mes côtés, nous voyageons beaucoup. Nous sommes partis randonner et bronzer en Guadeloupe l'année où je suis tombée malade. Il a mis une forte énergie pour m'aider à trouver les bons traitements et apprendre à vivre avec cette névralgie du trijumeau. Lui qui connaissait bien l'endroit pour y avoir travailler dans sa jeunesse, il a été aux petits soins. Il s'appliquait à me faire découvrir l'île : la Pointe des Châteaux et sa côte découpée en dentelle, arpentée sous un ciel orageux, fouettés par des vents forts et vivifiants, le jardin botanique créé par Coluche, où les plantes fleuries, colorées, et les oiseaux sont en abondance. On y a vu plus de flamants roses qu'en cinq séjours en Camargue ! Au musée du chocolat, la fin de la visite s'achève sur une dégustation qui couvre tout le processus de création, de la cabosse aux tablettes. Le fruit à l'état pur, juste cueilli, a une texture et un goût qui s'approche du litchi. Puis les étapes de torréfaction interviennent, les mélanges se font, et on a tout gouté ! Du chocolat blanc au chocolat noir à 100% de cacao ! Tu me connais, un moment délicieux pour la grande gourmande que je suis. J'ai acheté pour cent cinquante euros de tablettes ! On a aussi passé trois nuits aux Saintes, petite île verdoyante au milieu de la mer caraïbe, à se faire bronzer l'un contre l'autre. Tendre séjour où, en guise d'apéritif, je prenais un shoot de vingt minutes d'oxygène et parfois une piqûre de sumatriptan, pendant qu'il dégustait un petit rhum arrangé. J'adore quand il se grise gentiment ; il devient plus démonstratif que jamais. Je me souviens avec nostalgie de nos soirées, enlacés sur des balançoires en bois, face à la mer, caressés par un vent chaud. Les nuits étaient aussi douces et chaudes que l'air... Quelques mois plus tard nous sommes partis admirer les îles Grecques. Un orage tonitruant nous a cueilli sur Athènes ! Nous avions de l'eau jusqu'aux genoux et nous riions comme des enfants, trempés jusqu'à l'os. Nous avons dû appeler un taxi pour faire cinquante mètres ! De là, nous sommes partis buller avec Gabriel à Corfou et Paros, puis en amoureux à Santorin et Antipaxos. Nous avions loué un bateau sans permis pour mieux admirer les eaux chaudes translucides bleu clair qui se fondait avec l'ocre des falaises majestueuses. Nous avons plongé, chahuté sur d'énormes bouées, fait du 4x4 dans des oliveraies sans fin, nous avons adoré déguster la cuisine crétoise, réputée vertueuse, déambuler dans les typiques villages blancs et bleu, parfois rose. C'était de bons moments. Mais, car il y a toujours un « mais » avec Damien, pendant ces séjours grecs deux soirées ont été gâchées par les pleurs d'une de ses ex qui ne supportait pas qu'il soit parti sans elle, et une autre qui n'arrêtait pas de l'appeler. Et Damien de répondre « Ecoute je ne peux pas te parler là, je t'appelle au calme quand je rentre, je t'expliquerai » ...

Ça tranchait tellement avec l'énergie qu'il mettait à vivre à mes côtés un quotidien réjouissant, que j'ai refusé de voir la réalité en face. Et j'ai gobé ses explications du style « Il faut qu'elles comprennent en douceur, pourquoi les blesser avec notre bonheur ». Oui, effectivement, pourquoi ?

Une année, pour notre anniversaire, nous sommes allés balader autour des lacs italiens. De longues promenades bucoliques, main dans la main, à se photographier sous tous les angles comme des adolescents, à s'émerveiller des généreuses cascades de fleurs sur les îles Borromées. Ah l'Italie ! On s'émerveille sans cesse du charme italien. Nous y sommes allés au moins dix fois. Comme j'ai aimé Procida et Ischia, petits bijoux d'îles en face de Naples. Nous avons passé des heures à flotter dans les piscines remplies d'une eau de mer très chargée en sel et naturellement chauffée à 36 degrés en plein mois de mars (Les îles sont situées sur des volcans, l'eau sort à 72 degrés ! Elle refroidit dans les tuyaux qui l'acheminent jusqu'aux piscines des hôtels). Le long de la côte Amalfitaine, nous avons joué les stars dans d'anciens châteaux ou maisons de maîtres transformés en hôtels élégants aux jardins à la française, décorés de statues grecques. Pendant ce séjour-là, on s'arrêtait dans des ports de pêches pour se régaler de poissons frais. On se régale toujours, en Italie. Que l'on déguste la meilleure pizza au monde à Naples, ville vivante, captivante, que l'on se rafraichisse de délicieuses glaces en crapahutant sur les collines aux pentes vertigineuses plantées de vignes aux Cinque terre, ou que l'on s'enivre d'un Spritz sur la place principale de Sienne en picorant charcuterie et fromages locaux, l'Italie ne nous déçoit jamais ! Bergame, Florence, Venise et Rome nous ont ravis : cette architecture variée, parfaite, colorée, cette gastronomie généreuse et gouteuse, et tous ces musées, cet art, ces tableaux, sculptures, et ces ruelles joyeuses et colorées, quelles merveilles ! Le mont Cervin en été : un champ de fleurs ! Un époustouflant terrain de jeu fleuris pour courir, sauter, s'embrasser et ... se déchirer, encore et toujours pour les appels masqués la nuit, avec comme seuls messages de longues respirations angoissantes ou des pleurs, et, nouveauté, des SMS qui me sont directement adressés et qui me confient les infidélités de mon compagnon, qui se défend en les traitant, bien sûr, de menteuses jalouses.

« Elle se lasseront » était la seule réponse que j'obtenais.

Ensuite, pour me faire oublier tout ça, il me faisait l'amour langoureusement, en murmurant dans mon cou des phrases en italiens. L'italien est une langue d'une extravagante sensualité. C'était magique. La chair de poule envahissait tout mon corps, qui réagissait intensément du plaisir provoqué par ses caresses. Me lover contre lui, sentir sa peau nue contre la mienne, le toucher, me mêler à lui, vivre ma sensualité de femme avec sa force d'homme, oui, effectivement, ça m'aide à tenir, à gober ces belles promesses.

Voici un exemple, parmi tant d'autres, de ce que je vis parfois à ces côtés, au beau milieu d'un moment magique : Sur une étape de retour il y a quelques années, alors qu'on revenait de Naples, faisant un stop pour la nuit à La Spézia pour couper le voyage, je lui ai arraché le téléphone des mains pendant que nous dinions. Autant te dire que je n'ai pas gouter aux aubergines à la parmesane qui avaient pourtant l'air savoureuses. J'avais besoin de savoir pourquoi il préférait échanger avec son écran plutôt qu'avec moi. Ce soir-là j'ai constaté que ça n'était pas seulement elles qui le harcelaient. Mais il avait sa part ! Des dizaines d'appels en absences, des sms de supplications « Réponds moi. Tu ne veux plus me parler ? On peut se voir si tu veux, discuter de la situation. » et le formidable « Que t'a dit le gynécologue ? ». J'ai vrillé. Il m'a juste demandé de ne pas faire de scandale dans le restaurant. On est rentré à l'hôtel, on a beaucoup crié, il a pris des médicaments pour dormir (il s'est trompé et a pris mes hormones...) et le lendemain sur la route du retour il a passé six heures à me convaincre de rester à ses côtés, que notre histoire était belle, notre amour fort, qu'il allait leur dire clairement qu'il m'avait choisie, blablabla.

Ainsi, ma tatie, tu avais du flair : le revers de médaille est à la hauteur des merveilles vécues par ailleurs. J'ai peur que, malheureusement, que tu aies bien cerné Damien. Une nouvelle fois je viens vers toi pour m'aider à y voir clair. Je suis perdue. Dois-je donner une nouvelle chance à notre histoire ?

Son attitude est déroutante. Il passe de phases presque étouffantes à m'inonder de sms, appels, visites, à de phases mutiques, ne répondant plus à mes appels, me faisant culpabiliser de tout. Il m'invite à passer des séjours avec lui dans des lieux incroyablement beaux, en France et à l'étranger, dans une fusion qui semble parfaite, avec des fougues amoureuses qui ont l'air sincères, il m'éblouit par ses attentions, sa gentillesse, m'enivre de ses câlins d'une volupté délicieuse, de déclarations grandiloquentes, et, systématiquement, à chaque voyage, les pleurs des ex, leurs nombreux coups de fil, et lui qui se prend en photo dans ces paysages sublimes et les leur envoie en cachette. Suis-je trop jalouse pour trouver ça anormal et penser qu'il me manque de respect ?

Pour sa défense, il se décrit comme une victime prétextant que chaque fois qu'il essaie de refaire sa vie c'est le même scenario : elles essayent de saboter l'histoire.

La promesse du moment : fini les trahisons et les tromperies. Il m'a même proposé de poser un mouchard dans sa voiture ou sur son téléphone pour me rassurer. Parce qu'il veut me prouver sa bonne foi. Evidemment, j'ai envie de croire que tous ces échanges sont devenus platoniques et qu'il est juste un peu passéiste. Car j'aime cet homme, c'est indéniable. Chacune de mes cellules est raide dingue de lui. On peut être tellement complices et fonctionner comme un vrai binôme parfois ! Il y a une énorme part d'irrationnel dans cet amour. Le psy dit que c'est ça, l'amour véritable, celui qui ne se justifie pas.

Qui croire ?

Ta nièce qui a peur d'avoir déjà la réponse.

Mardi 21 décembre / RV psy : Le contrôle ne dérange que ceux qui ont quelque chose à se reprocher

Evidemment, j'ai rappelé le psy quand j'ai commencé à remettre en question ma propre santé mentale : n'étais-je pas normale ? Est-ce que, comme le suggérait Damien, je manquais de hauteur ? Etais-je trop jalouse ?

Je suis moins à l'aise à ce rendez-vous. Je ne suis pas très fière d'être en passe de devenir détective malgré moi. Je me confie et au fur et à mesure que je raconte, je réalise que mon histoire d'amour n'en n'est pas une.

- *Elisabeth, plusieurs points. D'abord, les crises, dans un couple, c'est normal. Il ne faut pas baisser les bras pour des disputes. Eviter les crises n'amène à rien. Les malentendus ne sont pas le signal qu'il faut se séparer. Au contraire, ces moments de confrontation permettent d'affirmer nos personnalités, de s'adapter à l'autre sans pour autant se nier. C'est même la façon dont il résout les crises qui permet au couple de se construire. Bien les traiter permet de mesurer la force des sentiments, de mettre à plat certaines incompréhensions, d'avancer plus forts, en lissant doucement nos caractères.*

- *J'entends. Mais il m'en a tellement fait que, si je ne sais pas si ça a renforcé notre amour commun, je suis certaine que ça a gâché la magie. Les déceptions affaiblissent petit à petit la spontanéité des élans. Suis-je trop capricieuse ? Trop immature ?*

- *Parce que ? Et c'est là qu'il faut s'interroger. Car c'est l'objet de la crise qui, lui, motive, ou pas, la séparation.*

Il vous reproche quoi au juste ? D'être jolie, souriante, gaie, travailleuse ? De prendre soin de vous, de lui, de ses enfants, de sa mère ? De vous intéresser à son travail, l'aider sur les prises de décisions, l'accompagner dans ses déplacements ? D'être une partenaire sexuelle à l'écoute de ses impressionnants besoins ? Elisabeth ?

Je n'arrive pas à parler. Je reste interloquée. Bon sang mais il a raison ! Qu'est-ce qu'il a à me reprocher ?! J'entends les remarques du psy et ce renvoi d'image me fait un électrochoc ! Je ne suis pas si mal en fait. Bon, il en rajoute surement, c'est mon psy, il est là pour me remonter le moral, pas pour m'enfoncer. Mais non : mon psy ne me mentirait pas ! Mince mais je suis une fille bien !

- *Elisabeth ? Allez-y, formulez à haute voix ce qu'il vous reproche ces dernières années, ces derniers mois.*

- *De le « fliquer », d'empiéter sur sa liberté.*

- *Voilà. Nous y sommes. Il vous reproche la situation dans laquelle il vous a mis. Il vous reproche l'écoute d'un mouchard qu'il vous a suggéré d'installer. Il vous reproche l'étude de son téléphone alors qu'il vous y encourage parfois pour prouver sa bonne foi. Il vous parle de liberté alors que c'est de libertinage dont il s'agit. Vous entendez ? Vous comprenez ?*

- *Hum, hum.* (Oh !!!)

- *Surtout, déculpabilisez : La confiance ne doit jamais se donner de visu. Ça, c'est la naïveté. La confiance doit se construire pour être acquise. Bien qu'il faille réaliser qu'elle n'est jamais acquise définitivement ; elle évolue en fonction des preuves, en sa faveur ou en sa défaveur. Et vous, des preuves qu'il n'est pas digne de confiance, vous en avez un paquet ! Dans votre histoire, plus que dans n'importe quelle autre, il faut des éléments tangibles qui font que l'on peut donner et maintenir la confiance. Ça induit des contrôles, des points réguliers :*

> *.des contrôles annoncés : ça, c'est la dimension pédagogique et de correction ;*
>
> *.des contrôles inopinés : transparents dans la mesure où la règle est annoncée, mais non programmés. Ça, c'est la preuve tangible.*

Alors oui, contrôler, c'est normal. C'est même votre responsabilité. Et si l'autre n'a rien à se reprocher, il ne sera pas choqué. Il sera même fier. Mais dans votre histoire ça prend une tournure qui dépasse la normalité, dans les faits, et dans le temps. Qui vit ça ? D'ailleurs il contrôle lui ?

- *Les premières années, oui. Il faisait des réflexions bizarres si je voulais faire du sport, sortir entre amies, suspicieux que ce soit des excuses pour aller voir ailleurs, et puis il a arrêté. Je pense qu'il s'en fout de moi maintenant.*

- *Et non. Il faisait ces remarques car « Tel on est, on croit l'autre ». Lui, s'il vous dit qu'il va au sport, c'est pour aller chez une de ses maîtresses. Et non il ne s'en fout pas, c'est que vous, vous l'avez fait, le job de le rassurer. Parce que chez vous, la fidélité, c'est une qualité acquise. Cet homme a besoin de transformer sa vie en feuilletons à rebondissements et il vous prend au piège de ça. Il se nourrit du déséquilibre qu'il installe en vous. Il est temps de vous demander si cet homme vous apporte toujours autant de bonheur. Faire la balance bien-être / mal-être.*

Mais pourquoi il me met au pied du mur ? Pourquoi il ne trouve pas une solution du genre... on reste ensemble, on se marie, on vieillit ensemble ? Ce qui m'énerve, c'est que je l'ai ma réponse. Elle me saute au visage, violemment, trop violemment. C'est comme si je ne voulais pas la voir, l'entendre. Bon, essaye de sauver les meubles.

- *Probablement parce que je suis trop attachée à lui, trop amoureuse. Vous comprenez le concept de l'amour ?* (Aie, je ne deviens pas un peu agressive là ?)

Le gars n'a pas sillé. Au contraire, il s'est avancé vers moi, s'appuyant sur son bureau en me regardant bien en face, et sur un ton appuyé a enchaîné.

- *Attachée, amoureuse ou dépendante affective ? Vous lui trouvez toujours des circonstances atténuantes, qu'il vous souffle d'ailleurs bien souvent. Elle vous mène où cette histoire concrètement ? Des années qu'il vous balade, vous traite comme une dame de compagnie : les voyages, les restaurants, les expositions etc, mais dans la vie de tous les jours ? Il y a vingt ans votre mari vous a demandé le divorce au pire moment : vous étiez enceinte et vous deveniez manager. Vous avez affronté la vie, élevé un jeune enfant malade seule et, parallèlement, vous avez eu à encadrer des équipes de plus de vingt, parfois cent personnes ! Vous avez géré votre quotidien, la base de la pyramide de Maslow, sur vos seules épaules, et cet homme, depuis des années, il vous fait profiter de temps en temps de sa sécurité bien établie, mais pas trop, vous promet de vous intégrer à son univers, mais pas trop, vous projette dans un futur à deux et puis revient en arrière. Vous n'avez pas envie, a minima, de partager les charges mentales et matérielles du quotidien à deux, tranquillement, sans vous sentir sur un siège éjectable H24 ?*

- *Demandez à un aveugle s'il veut y voir ! Bien sûr !* (A mon tour de durcir ma voix et de me raidir sur mon fauteuil. Il est bête ou il le fait exprès ?!)

- *Merci !*

Ah, il fait exprès. Je redeviens une chique molle.

- *Vous pensez que Damien vous apporte cette sérénité ? Est-il le bon partenaire pour ça ?*

- *Non.*

- *Donc ?*

Et gnagnagna et gnagnagna, et toujours un de plus que toi ! Fait suer. Evidemment qu'il a raison. Mais si c'était aussi simple, ça se saurait. Mes yeux se pose sur le joli cadre photo qu'il a sur son bureau, lui et sa famille parfaite. Il m'observe. Sa voix redevient plus chaleureuse.

- *Je sais ce que vous pensez. Mais oui, c'est simple. Il suffit juste de prendre la décision et de s'y tenir, maintenant que vous savez pourquoi prendre cette décision. Et la volonté, ça n'est pas une qualité qui vous est étrangère n'est-ce pas ?*

« Et la volonté ça n'est pas une qualité qui vous est étrangère n'est-ce pas ? » ! Grrr ! A lui aussi j'ai envie de planter un stylo dans l'œil maintenant ! J'ai pensé *« Traite-moi de débile tant on y est »*. Et pile à ce moment-là mon regard s'est posé sur le divan…

En rentrant chez moi ce soir-là, tard, Damien, qui avait le double de mes clés depuis des années et qui dormait à la maison presque tous les soirs, sans jamais laisser ne serait-ce qu'une brosse à dents, faudrait pas aller trop vite non plus… Damien, donc, m'attendait avec un énorme bouquet de roses rouges, un magnifique solitaire et une demande en mariage.

Si ça, ça n'est pas avoir le sens du timing, je serai tentée d'imaginer que lui aussi avait mis un mouchard !

Ma chère tatie, vraiment, on ne peut pas changer quelqu'un par amour ?

Je la connais la réponse. Je sais que seuls les gens qui veulent changer changent. Et c'est bien embêtant parce que là je suis face à un sacré dilemme. De nouveau, je fais un tour de montagnes russes. Un vrai grand huit ma vie. Damien s'est enfin décidé : il m'a demandé en mariage ! J'ai cru que mon cœur allait éclater tellement ça m'a empli de bonheur. Bon, le soufflet est vite retombé. Ah ben sinon, ça ne serait pas ma vie ! Parce que j'ai dit oui, bien sûr, et puis, encouragée par le psy, j'ai « contrôlé ». J'ai contrôlé ce pauvre bichon qui ne sait plus quoi faire pour démontrer sa bonne foi, lui qui a tellement de jolies valeurs. Et ce que j'ai découvert m'a fait froid dans le dos ! Pendant les deux premières années de notre histoire, nous avons été quatre à être officiellement en couple avec lui ! Alors qu'il était six soirs par semaine à la maison, et le septième avec ses enfants ! Sa méthode ? Il arrive à nourrir d'espoir ses ex (ses maîtresses ?) en me critiquant, se plaignant de mon caractère (je manque tellement de hauteur de ne pas comprendre le lien spécial qui les unit), les remerciant pour leurs compliments à son égard, les rassurant en leur avouant qu'il ne pouvait pas affirmer ne pas revenir dans une relation sérieuse avec elles un jour... J'ai compris que pendant ces deux premières années, entre midi et deux en semaine et quand il était en déplacement, il allait régulièrement coucher avec l'une d'elles ! J'ai commencé à échanger avec ces femmes... difficile d'y voir clair. Mais y en a quand même une qui m'a affirmé, preuves à l'appui, qu'une semaine avant la demande en mariage, il l'avait emmenée à Madère... Devant les preuves accumulées, il s'est d'abord mis en colère : pourquoi diable m'en étais-je mêlé ? Les relations tripartites ne pouvaient que nous faire de la peine ! Ah ben c'est sûr que sans relation tripartite, il aurait pu continuer de les voir. Et d'ailleurs il a défendu ce point de vue : l'instant présent ! Quand il est avec Patricia, si Florence n'est pas au courant, elle ne souffre pas !!! Puis il a changé de discours : il a fini par avouer à moitié, justifiant qu'à cause de son veuvage il avait du mal à lâcher les femmes qui l'avaient aidé dans son parcours de papa célibataire. Qu'elles avaient tellement comptées qu'il n'osait pas les faire souffrir, qu'il espérait qu'elles tournent la page. Ce qui est faux, car quand deux d'entre elles ont fini par trouver l'amour ailleurs, ça l'a rendu fou ! Il est rentré dans des colères noires, arguant que ces hommes ne lui arrivaient pas à la cheville. Pour le voyage à Madère, il m'a dit que c'était une façon de dire adieu à cette maîtresse-là, maintenant qu'il était sûr de son choix : moi et personne d'autre. Et puis il a ajouté un paragraphe très moyen sur le fait que, comme nous nous étions disputés peu avant (toujours à cause des SMS d'amour), que nous étions en froid, qu'il se sentait seul, qu'elle était seule également et en vacances... Et en gros il m'a quand même fait comprendre que c'était un peu à cause de moi s'il était parti avec elle. Mais m'a assuré qu'à chaque minute de ce voyage, c'est à moi qu'il pensait. Classe pour l'autre.

Aujourd'hui il me jure qu'il a changé, qu'elles sont passées au statut d'amies précieuses. Il argue que notre relation s'intensifie, que j'intègre de plus en plus son univers familial. C'est vrai et c'est un pur bonheur ! Je me sens réellement proche de ses enfants. Je les aime comme si c'était les miens ! J'aime cette vie de famille recomposée, les repas bruyants où chacun raconte son quotidien, petites et grandes joies, peines, décisions. J'aime les voir évoluer. Nos enfants s'entendent bien, nous aimons les enfants de l'autre, notre quotidien est facile et heureux, pourquoi tout foutre en l'air !?!

J'ai envie d'essayer parce que cette fois-ci il frappe plus fort : il démarre une thérapie avec l'associée de mon psy.

J'avoue que je suis perdue, car mon cerveau, une nouvelle fois, sonne l'alerte.

Besoin de ton avis sur le sujet.

Bises.

Moi, qui aimerait bien descendre du manège !

Ma chérie, un mariage réussi c'est quand deux meilleurs amis s'unissent, veillent l'un sur l'autre et se rendent heureux.

Le gars est très fort. Sa personnalité séduisante en fait quelqu'un qu'on a envie d'aimer, autant qu'on a envie qu'il nous aime. Chaque fois que je l'ai rencontré avec toi ces dernières années, j'ai passé de bons moments, eu de jolis échanges. Mais ce que tu décris me fais penser à mon ex-mari : ces personnages ont besoin de plaire, coûte que coûte. Ils doivent savoir que l'autre leur est complètement dédié ; ça renforce leur posture de savoir qu'ils sont essentiels à la vie des autres. Vois ce que tu écris : il se met en colère quand il est remplacé dans le cœur d'une ex. Et observe bien son jeu : il envoie des photos « en cachette ». Pas tant que ça pour que tu sois informée ! Ce qui veut dire que ça lui plait de vous mettre en concurrence, que tu te sentes en danger, que tu te battes pour le garder. Encore plus fort : il arrive à te faire gober que tu es responsable de ses relations avec ses maîtresses. Je ne sais plus s'il faut être en colère ou saluer la prestation ! Une fois de plus, je te dirai que l'amour ne doit pas se nourrir de ça, mais de partages, qu'il doit apporter de la force et de la paix intérieure et non pas des luttes, des cas de conscience et des tumultes. Mais c'est ta vie ma chérie, et si tu penses que l'épouser te rendra heureuse, alors je serai présente au mariage et je te suivrais dans ton choix.

Je ne peux pas prendre la responsabilité de cette décision.

Mille bises de ta tante, qui se ravit de la majesté de l'Afrique, bien que je regrette aussi ma vie italienne et les belles expos que je commençais à organiser dans ma galerie.

Tatie, Si vite que courre un mensonge, la vérité un jour le rejoint

J'ai dit oui, mais pas d'affolement, il a annulé sa demande deux mois après l'avoir formulée. Pourtant, j'y avais cru fort, jusqu'à m'apercevoir que seuls les membres de ma famille et mes amis étaient informés. Personne de son côté. Motif de l'annulation ? Je ne pouvais pas m'empêcher de gâcher nos bons moments, tout ça parce que je posais des questions sur la date et l'organisation du mariage. Et je suis restée, toujours là, marin vaillant sur le pont. Il a fini par refaire un pas vers moi, et pas des moindres, puisque j'habite chez lui depuis quelques mois. Chez lui est le bon terme. Impossible de me sentir chez moi dans une maison dans laquelle changer un objet de place est une négociation de plusieurs heures, alors le reste, je te laisse imaginer ! Son leitmotiv : le pouvoir, ça se prend ! Pire définition d'une relation de couple de mon point de vue...

Pour se faire pardonner, il m'a promis l'Afrique. Et il a tenu sa promesse ! Nous en rentrons et ce fut probablement notre voyage le plus époustouflant, tant on en a pris plein les yeux, éblouis par l'authenticité des locaux, la candeur des enfants, la dignité des femmes, leur port royal et leurs tenues colorés, les yeux doux et souriants des anciens ! Je me souviendrais éternellement de ce Safari en Tanzanie. Tatie, tous ces éléphants, zèbres, girafes, lions, antilopes, guépards, gazelles, léopards, et j'en passe, autour de nous, à moins d'un mètre parfois ! Plus de deux millions d'animaux qui migraient et nous, éblouis, au milieu de ces paysages sauvages sublimes ! Et la végétation ! Incroyablement abondante ! Des arbres impressionnants, parfois isolés, majestueux, au milieu d'immenses plaines et parfois fondus dans des milliers de lianes, fougères. La terre rouge est généreuse : côté agriculture, des légumes et des fruits à profusion. C'était fabuleux. Durant ces sept journées, nous avons fait cinq grands parcs, passant de la chaleur des plaines à la fraîcheur des montagnes, dormant le soir dans des huttes au luxe inattendu. Quel pays étonnant aux magnétiques paysages diversifiés. Notre guide était un tanzanien engagé pour un tourisme équilibré, la sauvegarde de son patrimoine et il mettait un point d'honneur à nous faire voir de près les fameux Big Five. Et moi je le tannais pour prendre le temps d'observer les nombreux oiseaux aux couleurs, formes et tailles tellement variées. Il était infiniment gentil et patient. Après le safari, nous avons passé quinze jours à Zanzibar (Savais-tu que Tanzanie était la contraction de Tanganyika et Zanzibar. Une république qui unie deux états semi autonomes, chacun ayant son président ? J'adore apprendre la géographie en voyageant !). Là encore la nature gâte l'humain. De belles plages, une mer à vingt-neuf degrés, des îles de sable fin qui sortent de la mer après trente minutes de bateau, nous offrant des décors de cartes postales. Tous les deux, seuls au monde, au milieu de l'océan, sur un banc de sable long de quelques mètres, et discrètement, dans un coin, nos deux guides nous cuisinant langoustes, fruits de mer, frites maison réalisées sur un petit réchaud de fortune, et plateau de pastèques, ananas, mangues joliment présentés. Enfin, seuls au monde... Pas vraiment, car, évidemment, il a passé le voyage entre moi et ses ex. Moi dans son lit, dans la Jeep, au restaurant, ses ex par sms, mails, Messenger, WhatsApp...

Ces derniers mois, j'ai tout fait pour que ça se passe bien entre nous : panser ses problèmes existentiels, l'aider au quotidien, faire de mon mieux pour apporter de la joie dans notre quotidien. Vivre l'instant présent ? Pas de risque de passer à côté quand aucun futur n'est planifié. Le vide. Pas d'engagement, pas de projet à long terme, rien. Débrouille-toi avec ça. Il me semble pourtant qu'anticiper un brin le futur est le signe d'un bon usage de notre cerveau d'humain, pour éviter les lendemains qui déchantent... Et que ça n'empêche en rien de vivre pleinement le moment présent.

De fait, je m'aperçois que cet amour ne me rend pas heureuse. Pire, j'ai bien peur de me l'avouer, mais je crois bien qu'il me rend malheureuse... La poudre de perlimpinpin ne suffit plus.

Je suis fatiguée de le voir de nouveau les appeler des heures en cachette dans le sous-sol de la maison. Et quand on en parle : « Mais enfin, je dors tous les soirs à la maison, comment je pourrais te tromper avec elles ? Arrête de me fliquer ». Elles sont toujours aussi folles. Par exemple, elles cassent notre boite aux lettres parce qu'il y a nos deux noms dessus, nous envoient les gendarmes en se faisant passer pour une voisine qui craint des violences conjugales, reprennent les appels anonymes la nuit ! Sans compter que son rapport malsain à son téléphone me fragilise. Je sursaute dès qu'il bipe (travail ? ex ? danger ?), c'est insupportable de vivre comme ça ! Je trouve ça triste de ne plus avoir confiance en lui. Ça bloque notre quotidien. Je m'empêche de faire des choses pour moi de peur qu'il profite de ce temps libre pour aller voir ailleurs ! C'est terrible cette situation ! Comment puis-je faire ?

Ta nièce, qui a besoin d'une bonne paire de lunettes !

Ma chérie, La théorie est toujours plus simple que la pratique

Lire ta dernière lettre m'a profondément peinée. Je sais les tourments que les sentiments amoureux peuvent créer et je sais aussi qu'aucun conseil, aucune vision extérieure ne peut aider quelqu'un à changer ou prendre une décision. Aussi, voici la seule aide que je puisse t'apporter : fais l'exercice qui suit.

Imagine, que moi, ta tante, je t'envoie ta dernière lettre. Que c'est mon histoire. Que me conseillerais-tu ? Ensuite, tente d'appliquer ces conseils-là. Ne fais rien dans la précipitation. Il faut que ta décision soit argumentée et solide. Sinon tu y retourneras.

Tu l'as déjà, la paire de lunettes. Courage.

Je te laisse car j'ai un container à finir de remplir...

Ta tante la nomade qui vient de terminer un guide sur le Kenya et partage ta vision de l'Afrique. C'est marrant parce que maintenant que le guide est publié, moi, j'en suis à monter une école à Madagascar. Aventure passionnante !

Mardi 22 mai - RV psy, La liberté revient à choisir ses contraintes

J'arrive à ce rendez-vous avec une heure d'avance. Lasse de devoir toujours parler de la même chose, de ne pas comprendre comment, malgré toutes ces humiliations, toutes ces tromperies, ce mal-être et un compagnon de moins en moins engagé dans l'histoire, comment moi, je reste sous emprise.

Agitée par cette lettre anonyme « Encore cocue » (anonyme, mais partie du bureau de poste voisin à une de ses ex…), je croise dans le couloir le Dr Wilson également très agité : il me confit qu'un souci informatique l'empêche d'avoir accès au dossier patients. C'est son associée qui gère l'informatique habituellement et elle est absente. Je lui propose de mettre mes compétences à son service, le temps de sa consultation, ce qu'il accepte avec plaisir et me voilà installée derrière l'écran d'ordinateur du médecin qui a reçu Damien. Signe du destin ? Je commence à bidouiller. Rapidement, je cerne la panne : le système anti-virus bloque la connexion Internet et interfère avec les dossiers du disque dur. Il suffit de déconnecter l'antivirus et de relancer le système. Voilà. Il faudra que je dise au Dr Wilson de télécharger un nouvel antivirus. Voilà.

Voilà voilà.

Voilà, voilà, voilà…

Encore quinze minutes à attendre.

Et cette curiosité qui me tanne depuis que j'ai aperçu le dossier « Patients ».

Qu'il suffit d'ouvrir.

Je suis surexcitée. C'est vilain de faire ça. Je suis rouge de honte mais c'est plus fort que moi. Et tant pis pour l'éthique ! Je clique dessus. C'est classé par ordre alphabétique. Du gâteau. Et je trouve ce que je cherche : le dossier de Damien. Le secret médical j'y penserai plus tard. N'est-ce pas le Dr Wilson qui me conseille d'être moins naïve ? Euh je ne serais pas en train de me donner bonne conscience là ? Possible. Et d'ailleurs ça marche.

Je lis à toute vitesse en travers :

« Passage dépressif sévère. M. Coban est à un carrefour de sa vie. Il doit choisir entre une vie de célibataire libertin ou l'engagement, choix qui l'effraie, sentiment que ça le met en danger à cause de son passé : un œdipe mal réglé et un premier grand amour qui l'a trahi. M. Coban est engagé sur un sévère chemin d'autodestruction (il commence à consommer beaucoup d'alcool) et vit depuis des années en jouant avec les femmes, cumulant plusieurs relations à la fois, mentant à chacune, se grisant du danger, des possibles, des nombreuses vies parallèles. Deux névroses sont à creuser avant de poser un diagnostic, mais une chose est certaine, il ne peut pas sortir seul de cette dépression, de cette destruction. Il a besoin d'une prise en charge thérapeutique, sur long terme, voire médicamenteuse.

Grille de la psychopathie à mettre à jour lors des prochains rendez-vous :

Critères	M Coban
Absence d'empathie	Il semble plus manipulateur qu'empathique. Indifférent à la souffrance engendrée par ses infidélités, difficultés d'établir des relations profondes, mais très perméable à la souffrance animale. Bonne réactions en situations sociales. A creuser
Absence de culpabilité	Pour l'instant, aucune culpabilité exprimée sur le mal qu'il fait aux femmes
Absence de remords	Minimise les réactions liées son comportement, semble même justifier son attitude par « la vie est courte »
Manipulateur	Oui de haut vol, aucun doute là-dessus
Charme superficiel, loquacité	Charme réel, beau parleur, limite obséquieux
Intolérance à la frustration	Ne supporte pas être remplacé dans le cœur de ses ex
Mépris des règles	Franc-maçon, mouvement qui encourage l'adaptation des règles à son propre usage
Tendance pathologique au mensonge	Pour mener une vie avec autant de maîtresses, très probablement
Surestimation du soi	A étudier mais je perçois une tendance à se comporter en donneur de leçons
Faible maîtrise de soi	A décrit qq colères imputées à l'insoumission de sa compagne, et également de sa fille
Délinquance juvéniles	A priori non
Diversité de délits, condamnations	Non, respectueux de la loi
Instabilité conjugale	C'est l'objet de la consultation
Sexualité débridée	Partenaires multiples, fier de son hypersexualité
Impulsivité	Dans son rapport aux femmes oui. Pour le reste, je ne crois pas.

Parasitisme	Non
Irresponsabilités	A part dans sa vie amoureuse, a priori non
Incapacité à planifier le long terme	Philosophie du vivre au jour le jour, justifiée par son veuvage
Besoin de stimulation, tendance à s'ennuyer	Evoqué

Diagnostic : personnalité théâtrale, séduction exacerbée, il s'agit soit de »

J'entends les fauteuils du bureau du médecin grincer. Je panique. Fichier, quitter, « Voulez-vous enregistrer les modifications ? »

Non ! Vite.

La poignée tourne, la porte s'ouvre pile au moment où l'écran redevient neutre. Ouf. J'en transpire ! L'odeur et les auréoles sous les bras ainsi que la couleur écarlate de mes joues me trahissent.

- *Tout va bien Élisabeth ? On dirait qu'il vous a donné du fil à retordre ? Un problème ?*

- *Non non, c'est fini. Voilà. Rien de grave. C'est l'antiterfère qui virusait.*

- *???*

- *Oh pardon je bégaie. La fatigue. C'est l'antivirus qui interférait. Un classique du genre, à cause de sa mise à jour. Je l'ai désactivé. Il faudra rapidement en télécharger un nouveau.*

- *Vous voulez dire que ça fonctionne de nouveau ?*

- *Eh oui.*

- *Et bien merci. Vous me rendez un grand service. On y va ? Vous êtes sûre que tout va bien, vous avez l'air... bizarre ?*

- *Tout va bien.*

Je m'assois sur le siège que j'occupe depuis déjà plusieurs années. Je suis tellement mal que je décide de passer aux aveux. Je n'ai jamais su mentir, je ne vais pas commencer aujourd'hui et surtout avec mon psy. Il est surpris et je le sens également déçu. Honte à moi. Il doit un peu regretter de m'avoir fait confiance.

- *Ça a été plus fort que moi. Je vous présente mes excuses. Sincères. Mais vous comprenez, je l'ai vraiment dans la peau cet homme,*

- *Votre curiosité vous a-t-elle satisfaite ?* Je le sens légèrement agressif...
-

J'ai mérité cette réaction. Alors autant jouer franc jeu.

- *Non. J'ai été obligée de fermer le dossier avant de lire le nom de sa maladie.*

Blanc. Il appuie son coude droit sur la table et se soutient la tête en appuyant sa main entre son nez et sa bouche, la tête légèrement penchée. Les connections neuronales là-haut doivent se demander comment réagir.

- *Ecoutez docteur, j'ai tout de même vu que ça ne semblait pas être un petit coup de déprime passager mais une vraie maladie. Et moi je ne suis pas super solide comme fille, dix ans que cette histoire me ronge les sangs !*

- *Vous savez que je suis soumis au secret professionnel ?*

Silence. Je le regarde droit dans les yeux, en implorant. Il hoche lentement la tête de gauche à droite, se frotte le front.

- *Bon d'accord. C'est vous ma patiente, et il faut qu'on évolue. Vous voulez savoir ? Voilà ce que je peux vous en dire, et attention, j'en ai juste discuté avec mon associée, je n'ai pas vu Damien en consultation et elle seulement cinq fois, donc ça vaut ce que ça vaut. Je peux comprendre que vous succombiez à son charme. Damien maîtrise parfaitement la séduction. C'est dans son ADN. Il est sensible, il a une personnalité riche, attirante. Il est cultivé, ouvert, bel homme et renvoie même l'image d'un homme mature, très rassurant. Il sait jouer de ses charmes et manipuler son entourage, même si ça n'est probablement pas toujours conscient. Je pense qu'il a un énorme potentiel pour construire une vie de couple hors du commun, intéressante, dynamique, avec une belle sensualité. Pas de place à l'ennui. Mais pour cela, Elisabeth, il faudrait qu'il choisisse cette voie. Et de ce que VOUS m'en dites, et pas lui, encore une fois, c'est qu'il hésite à s'engager, pire, il formule clairement qu'il ne sait pas où il en est et qu'il ne se sent pas la force de vous faire des promesses qu'il ne pourrait pas tenir. Pour que ça marche avec Damien, il faudrait mettre de la réalité dans sa rêverie. C'est un travail ingrat que vous allez devoir assumer seule au début...*

- *Damien, névrose ou pathologie ?*

- *Je parierai sur de l'hystérie masculine ou de la perversion narcissique. Dans les deux cas c'est grave, et en particulier pour celui qui est en face. L'hystérie masculine fait des êtres merveilleux quand tout va bien. C'est paillettes à gogo, vie théâtrale, sentiment de vivre pleinement. Sauf que le côté sombre est composé de la même énergie théâtrale et le patient entraîne l'autre dans sa chute. Il ne peut pas supporter d'être envahi par cette vague terrible de dépression et que sa « moitié » se porte bien. Il doit détruire l'autre pour aller mieux. La perversion narcissique y ressemble, sauf que le plaisir du « malade » trouve sa source dans la souffrance de l'autre. S'assurer d'avoir l'ascendant, dominer l'autre, en faire quelqu'un de dépendant. Se nourrir de sa bonne humeur, son rayonnement et l'éteindre. Seulement dix pourcents des pervers narcissiques guérissent. Et après des années de thérapie volontaire. Vous vouliez savoir ? Vous savez. Mais encore une fois, c'est trop tôt pour poser un diagnostic. Je vais être cash avec vous puisqu'on en est là. Je vois bien que je n'arrive pas à vous faire arrêter d'accepter sa maltraitance psychologique ! Damien arrive même à vous faire croire que c'est parce que vous ne le croyez pas sur parole qu'il vous malmène et qu'il rechute dans les bras de ses ex ! Il recourt au chantage affectif : si vous n'assouvissez pas sa sexualité, d'autres le feront ! Ecoutez bien, quelle que soit sa névrose, pathologie, maladie, il se comporte, -et pardon pour le mot mais vous devez avoir un électrochoc à force d'accepter l'inacceptable !- comme un connard !*

> *Nommer son problème reviendrait presque lui trouver une excuse médicale ! Depuis des années je n'arrive pas à vous sortir de là. Je vous vois accepter l'inacceptable, jour après jour, sans pouvoir vous ouvrir les yeux ! Je suis désolé. Je pense qu'il s'agit d'un échec thérapeutique.*

C'est presque en colère (contre moi ? contre lui ?) qu'il m'a demandé ma carte vitale : fin de la consultation. Fin des consultations. Il m'a proposé de continuer la thérapie avec un de ses confrères…

La confiance s'installe en gouttes, se perd en litres…

Tatie, La goutte qui fait, enfin, déborder le vase

Merci pour cet exercice ! « Barre toi et vite ! » : voilà le conseil que je te donnerais !

Alors c'est ce que j'ai fait il y a quelques jours. Déconfinement post covid : on a enfin eu le droit de sortir ! Il est parti le jour même en prétextant une réunion professionnelle. Le lendemain je recevais une lettre anonyme « Encore cocue ». Le soir j'avais un rendez-vous chez mon psy, et... disons que j'ai fini par ouvrir les yeux. J'ai décidé d'arrêter de me faire maltraiter psychologiquement, rabaisser, dévaloriser, tromper. Depuis quelques temps je me sens tellement seule quand je suis à ses côtés, et tellement nulle... Dans la nuit, j'ai fait mes bagages ; je suis allée me réfugier chez des amis. Heureusement, j'ai la chance d'être entourée d'adultes responsables, des amis formidables : que ça fait du bien ce contraste ! Finies les mauvaises personnes qui aiment se rouler dans le caniveau. Voilà : un poids en moins, un échec en plus, un nouveau chagrin à gérer et une vie à réinventer, encore...

Mais parlons de toi ? Cette vie à Madagascar après la beauté du Kenya ? Raconte-moi, continue de m'envoyer des photos, des films, avec tous ces enfants aux sourires éclatants et aux yeux brillants de joie, j'aime te savoir vivre ça.

Cahier journal / intime, Daniel Coban

Vendredi 28 juin

Mon cher cahier, je t'ai un peu négligé ces dernières années. Mais c'est parce que j'étais paumé et que je crois que j'ai fait une énorme connerie : j'ai négligé l'amour.

J'ai séduit, manipulé, menti, mais je me suis fait prendre au jeu : je me suis attaché, une fille différente des autres, et j'ai eu peur. Mais pas seulement. J'ai vu ma liberté partir, alors j'ai mordu, j'ai fui, et pour oublier je me suis enivré de plaisirs faciles qui n'apportent pas le bonheur ni la satisfaction mais auxquels je refuse de renoncer.

Reste à profiter de l'été pour oublier tout ça. En amour, exiger la liberté c'est prendre le risque d'en avoir effectivement beaucoup.

Car, en amour, selon ce que l'on met derrière Liberté, on se retrouve seul. Donc vite, meubler ce vide. Qui j'appelle ce soir ?

Ma chère nièce, Choisir c'est renoncer

Tu devrais presque remercier toutes ces femmes qui t'ont, à leur manière, harcelée, malmenée. C'est grâce à elles que tu as fini par ouvrir les yeux sur Damien. Même si tu avais des doutes, il était assez fort pour faire illusion, te retourner le cerveau, essayant même de te monter contre elles, pour que tu te trompes d'ennemi. Mais finalement, ces femmes ne sont pas folles, c'est lui qui les rend folles. Il les quitte, emménage avec toi, et les maintient dans une sorte de « je reviendrai bientôt, attend-moi », ça fait de lui un monstre ! Vous êtes toutes victimes de ce mégalomane manipulateur aux allures d'homme sympathique et responsable alors que dans les faits il n'y a pas plus instable ! Sa seule constance, c'est l'inconstance ! Tu as bien fait de le quitter. N'aie pas peur du futur : Le pouvoir de nos décisions est le reflet de notre force. Et la démonstration n'est plus à faire que tu es forte ! Tous ces voyages seule avec Gabriel ! Bravo ! Il n'y a pas d'hommes dans ta vie ? La belle affaire. Et ne t'inquiète pas : ton chagrin et ton attachement vont passer, comme ça s'est passé pour Georges. Il faut laisser du temps au temps.

Moi ça fait quarante ans que je suis mariée à un homme prestigieux, qui a des postes passionnants partout dans le monde. Mais il y a un revers de médaille à cela. Mes enfants ont dû s'éloigner de nous pour faire leurs études, et je n'ai pas pu développer de vie professionnelle stable. Des mois pour m'intégrer dans un nouvel environnement, je monte une galerie, et quand elle commence à bien marcher, on redéménage ! C'est ma vie… sans compter qu'il faut tenir un couple sur la longueur, ça n'est pas simple tous les jours.

Ma chérie, il n'y a pas de vie facile et lisse. Et comme on le lit beaucoup sur les réseaux sociaux : L'herbe n'est pas plus verte ailleurs. Elle est verte où on l'arrose.

Et puis profite de cette période de célibat pour solidifier ta nouvelle posture de femme qui prend son destin en main. Médite sur cette jolie maxime :

« Au fond, c'est ça la solitude : s'envelopper dans le cocon de son âme, se faire chrysalide et attendre la métamorphose, car elle arrive toujours » (August Strindberg, 1849 – 1912)

Ta tante, qui, telle l'eau, s'adapte aux obstacles du ruisseau...

Mercredi 19 septembre - RV psy - Quand le psy a des méthodes de mafieux : radicalement efficace.

Ce comportementaliste-là, je le vois pour la quatrième fois. Une fois tous les quinze jours, pour traverser ma peine de la séparation. Essayer de réparer les blessures, le manque, le sentiment atroce d'avoir perdu un morceau de ma chair.

Ce qui décrit le mieux le docteur Fératier, c'est la simplicité. Et l'efficacité aussi.

Son cabinet n'est ni chaleureux ni froid. Il est … neutre. Une pièce carrée. Une baie vitrée qui donne sur... pas grand-chose, une cour, surtout de la lumière. Un bureau en bois au centre, un fauteuil renaissance en face et le fameux divan à gauche.

Ce soir, je lui raconte que la séparation actée est difficile à vivre : je ne suis pas vraiment certaine de mon choix, Damien me manque. Je tremble quand je le croise, j'ai autant peur qu'envie de craquer quand il essaie de revenir vers moi, avec moult excuses et tartines dégoulinantes de compliments. Le psy interrompt ma litanie. Il se cale dans son fauteuil :

- *Pardon, excusez-moi, je pense qu'on est allé trop vite. J'ai dû rater un épisode : vous avez été abandonnée, enfant ?*

Je suis interloquée. Comment sait-il ?

- *Euh, alors oui et non.*

Je lui raconte mon enfance, ma mamie à temps plein sauf les vacances et les week-ends. Mais aussi que j'ai réalisé qu'on ne peut pas vraiment parler d'abandon, ça se faisait à l'époque, j'ai fini par comprendre ça.

- *Ça explique beaucoup de choses.*

- *Pourtant j'ai l'impression de ne plus avoir de problème avec ça. J'y ai beaucoup travaillé avec une psy lacanienne* (Hum, hum… j'y pense et ça me fait sourire). *Depuis, avec mes parents, les choses se sont remises en place.*

- *Je vous arrête. C'est formidable pour eux et pour vous si vous avez compris, pardonné et qu'aujourd'hui vos relations soient apaisées. Ça n'est pas le sujet. Le sujet, c'est la blessure affective que cet « abandon » a créée, et la dépendance affective que ça a générée. Un enfant abandonné développe une faible estime de soi, de la méfiance. L'enfant abandonné devient trop complaisant, c'est sa défense pour ne pas se faire abandonner de nouveau. On va travailler différemment. Oublier les trois premières séances, je suis désolé, je suis passé à côté de ça. Alors on reprend.*

Il sort une feuille blanche, y trace un trait vertical au milieu. En haut de la colonne de droite, il dessine un plus, et, en haut de la gauche, il dessine un moins. Et il me la tend ainsi qu'un stylo.

- *Tenez. Sous les plus, notez tous les aspects positifs de Damien, ce qu'il est qui vous plait et surtout ce qu'il fait qui vous rend heureuse. Sous le moins, notez ses défauts, de votre point de vue, et tout ce qu'il fait qui vous rend malheureuse. Retournez en salle d'attente, prenez votre temps. Je vais recevoir la patiente suivante, j'ai entendu qu'elle était déjà arrivée. On se revoit après.*

Je me retrouve seule dans la salle d'attente, face à cette feuille. Naturellement, frénétiquement, je remplis la colonne des moins. Je dois même tourner la page. Et dans la colonne des plus, j'écris « plus grand-chose ». J'allais écrire « son art et sa passion pour l'art » et finalement il ne peint plus et les plus belles expos de ses dernières années, je les ai faites sans lui. Nos voyages incroyables ? A vivre l'expérience avec moi tout en continuant de communiquer avec ses ex : affligeant ! Nos relations sexuelles ? L'harmonie n'était plus au rendez-vous. Il se positionnait de plus en plus en « Je sais mieux que toi ce qui te fait plaisir », autant dire que je regrettais souvent qu'il pense que la stimulation du point G était inutile… Sa tolérance ? Il s'est révélé jaloux de la réussite des autres, de leur façon de vivre, de mes relations sociales, amicales, très critique et au final intolérant des gens qui ne pensent pas comme lui. Sa douceur ? Son amour ? Sa jolie folie ? Tout ça avait disparu parce que j'étais la méchante qui gâchait tout en demandant l'exclusivité dans notre couple. J'avais beau chercher… rien. Plus rien. En revanche, sa façon de me parler, son hygiène de vie, ses amis, ses mensonges, son agressivité, son manque de courage pour prendre sa vie en main, les humiliations qu'il me faisait en public, le fait qu'il m'isole (car recevoir ça allait déranger la maison et j'allais passer ma journée en cuisine et non pas à m'occuper exclusivement de lui), son manque de soutien au quotidien, de projections, ses nombreuses promesses jamais tenues, j'ai tellement à écrire dans les moins. Ses enfants, sa maman, la vie de famille, ça, ça me manquait. Nos mois de bonheur conjugal, de vie à deux quand ça marchait bien, ça oui. Deux ans de bonheur parce que… confinés ! Mais il fallait que j'ouvre les yeux et que je l'accepte : ça avait disparu depuis longtemps ! C'était le passé. Et on le sait, le passé appartient au passé.

Le Docteur regarde la liste avec attention, puis il pose un regard perçant sur moi et me dit avec aplomb :

- *On est d'accord pour dire que c'est un sale con ?*

Je suis choquée, j'essaie d'en rire mais je comprends que lui ne rit pas du tout et qu'il est même très sérieux.

- *Oui, ou en tout cas qu'il vaut mieux ne pas l'avoir comme compagnon.*

- *Si vous voulez. On peut dire aussi qu'il ne vous rend pas heureuse. Pire, il vous rend malheureuse.*

- *Oui.*

- *Ça n'est pas lui qui vous manque. C'est l'illusion que vous vous en êtes fait.*

Il ouvre son agenda sur les trois dernières pages et me le tend :

- *Voilà là toutes les personnes qui sont en liste d'attente pour venir consulter. Pour aller mieux, changer, se remettre dans un cercle vertueux de vie. Aujourd'hui, vous occupez un créneau de mon emploi du temps et donc, indirectement vous les empêcher d'aller mieux.* Je ne vois pas où il veut en venir. *Alors ça n'a de sens que si, vous aussi, vous voulez aller mieux. Voulez-vous aller mieux ?*

- *Bien sûr !*

- *Très bien ! Voilà la nouvelle règle : c'était la dernière fois que vous me parliez de Damien. A partir d'aujourd'hui, vous le classez dans la colonne des sales cons, et vous n'y pensez plus. Faut avancer là. Vous êtes ok avec ça ?*

- *Et bien, je ne sais pas, ça ne se commande pas.*

Il me coupe

- *Alors je n'ai pas de temps à perdre avec vous.*

Il se lève et me tend sa main, comme pour me dire aurevoir.

- *Bon courage pour la suite.*

- *Non, non, ok, j'arrête d'en parler ! D'y penser ! C'est ok. Mais donnez-moi deux ou trois tuyaux pour vivre avec cet abandon.*

Il se rassoit.

- *Il y a deux éléments à prendre en compte. Le premier, c'est de réaliser que pour qu'il y ait un bourreau, un despote, il faut qu'il y ait une victime consentante. Alors évidemment, la responsabilité du bourreau est bien supérieure à celle de la victime, mais il y a une part d'accord, d'acceptation de la maltraitance. Vous êtes restée parce que vous espériez qu'il change. Mais les personnes ne changent que si elles le décident. Et le chemin est long. La personne doit faire preuve de discipline, de détermination, et comprendre pourquoi il est important qu'elle change. Ce doit être un choix personnel en réaction à un mal-être, une volonté de lâcher un comportement addictif. Et pour Damien, tout va bien. Il se plaît dans ces triangles amoureux. Pour vous retenir il vous fera croire qu'il changera. Mais il n'en fera rien. Deuxièmement, vous devez intégrer l'abandon subi dans votre enfance. L'abandon, c'est une blessure, de type amputation d'une phase essentielle à la construction du soi. Je vous donne un exemple concret. Si vous aviez une jambe en moins, vivriez-vous comme une personne valide ? Courir après un bus par exemple ?*

- *Non, bien sûr que non. J'attendrais le suivant.*

- *Et bien là c'est pareil. Il faut apprendre à vivre avec cette blessure, en étant heureuse, en vivant pleinement mais sans se mettre en danger. Pour cela, il faut accepter d'être fragile et sensible. Et s'entourer de personnes bienveillantes qui prendront ce handicap en compte.*

- *Reste à trouver... Je suis fatiguée docteur, sur les nerfs. J'essaie les exercices de respiration, la sophrologie, mais systématiquement l'énervement prend le dessus, impossible de me concentrer trois minutes, même au travail, je reste des heures sur une phrase, c'est infernal. Mes pensées tournent en boucle sur lui, les bons moments. Mon corps est en manque de lui, parfois ça me provoque même des vertiges ! Et je ne parle pas des insomnies, du mal que j'ai à m'alimenter. Le chemin ne va pas être simple, mais ok, je crois que cette fois-ci j'ai bien compris.*

- *Vous savez, quand on est malheureux, agité, que parler ne suffit pas, il existe une autre méthode. L'esprit aide le corps à aller mieux. Mais l'inverse est vrai également. Prenez du temps pour vous, pour chouchouter votre corps : massages, spa, Pilate, yoga. Le bien-être apporté pansera votre âme, apaisera votre esprit.*

Voilà. Cette discussion m'a permis de mettre un point final à mes sentiments pour Damien, et prendre du bon temps au spa.

Ma tatie, Renaitre de ses cendres et vivre ses rêves au lieu de rêver sa vie

Merci pour ce recueil de Baudelaire que tu m'avais offert lors de mon divorce. Cette phrase que tu avais surlignée : « Les chemins bourbeux rendent plus désirable l'aube spirituelle et plus tenace l'exigence d'un idéal » m'a aidé à tenir bon et à continuer d'y croire malgré tous les obstacles. La décennie passée a été riche en évènements. Quatre ans de célibat bien rempli. Toujours beaucoup de travail, de lassitude aussi. La direction qui en voulait toujours plus avec moins de moyens, des salariés qui décrochaient car jamais remerciés, et puis il fallait s'y attendre : burn out. Gabriel a quitté la maison depuis deux ans. Il finit son master en vivant en colocation avec sa chérie ! J'aime le savoir heureux et les savoir si complices. J'ai l'impression d'avoir au moins réussi ça, mon petit trésor. J'ai réalisé qu'il y avait du bénéfice dans tout ce qui m'est arrivé. Malgré tous ces tracas, j'ai réussi à rester inébranlable et constante dans mes valeurs. Comme si ça avait affirmé ma personnalité sans la pervertir. J'arrive à regarder mon histoire sans qu'elle ne m'atteigne plus. J'ai profité de ce temps libre pour voyager. Beaucoup. Seule, avec mon sac à dos. Loin. Sur les cinq continents. A la recherche de ma joie perdue, pour retrouver des désirs, du sens, l'envie de continuer à avancer avec optimisme. Quelle aventure passionnante ! J'ai appris l'espagnol, amélioré mon anglais et mon italien, j'ai rencontré des gens fabuleux, de tous âges, toutes nationalités, tous horizons sociaux. Et je me suis trouvée une nouvelle passion : la photographie ! J'ai pris des cours, c'était passionnant. Au cours de mon voyage au Mexique, je me suis inscrite à un rituel maya : le Temazcal. Après une cérémonie dédiée à la nature, aux cinq éléments, au ciel, à la terre et au monde du dessous, le groupe avec lequel j'ai fait l'expérience a été invité à entrer dans une sorte d'igloo en pierre, clos, dans lequel la chamane faisait brûler des herbes médicinales. Il y faisait aussi chaud que dans un sauna. Elle nous a fait ânonner, chanter et surtout, elle nous a fait crier ! Hurler le plus fort possible ! A plein poumons, plusieurs fois, pour sortir de nous et laisser là ce qui nous a blessé. C'était extrêmement fort comme cérémonie. Certaines personnes pleuraient, d'autres riaient de rires nerveux. Nous étions tous bouleversés ! Mais que c'est libérateur de hurler !

Alors que je relate ce passage, je repense à ce moment très particulier, je me retrouve quelques semaines en arrière, à Coba :

La chamane a un comportement étrange envers moi. Elle m'observe et soudain elle néglige le groupe et se place face à moi. Elle pose sa main gauche sur mon cœur, sa main droite sur ma tête. Elle plonge son regard doux et perçant dans le mien et murmure en espagnol :

-   *Il est temps d'harmoniser et de réconcilier ton esprit et ton cœur.*

Elle prononce quelques mots en langue maya, sans me lâcher du regard. Puis, dans un mouvement ample, elle mime prendre la mauvaise énergie et elle la jette au loin. C'est étrange, j'ai comme l'empreinte de sa main sur mon cœur, chaque fois que j'y repense. Elle saisit mes deux mains et me dit :

-   *Tu t'es trop investie dans une histoire qui n'en valait pas la peine. Tu dois t'en défaire définitivement.*
Emue, je reprends mon récit à ma tante.

A la fin de la cérémonie, nous nous sommes baignés, de nuit, dans un cénote. Le contraste était saisissant et l'expérience quasi mystique. Que d'apaisement dans cette eau douce, calme, et si profonde qu'on n'en voit pas le fond. C'est si beau, un cénote.

Ce soir-là, j'ai rencontré un groupe de français en déplacement au Mexique. Ils faisaient un reportage photos pour un guide touristique. Le courant est très vite passé et nous avons décidé de faire un bout de chemin ensemble. Quand ils ont vu mes photos, ils ont été bluffés par mon « œil sur les gens et sur les paysages ». Ils ont aimé mes remarques sur les restaurants, les plages, les temples que l'on testait ensemble. Grégoire a proposé de m'aider à améliorer ma technique de la photographie, explorer tous les possibles de mon appareil. On a passé de longues heures ensemble à visiter des lieux, les photographier, créer du contenu. On a fait des randonnées exaltantes, à pied ou en vélo, dans cette nature luxuriante du Quintana roo et du Yucatan, à s'émerveiller sur les plantes, les arbres, les biches, les singes, les oiseaux. On a fait des heures de longe côte, tous les deux dans cette sublime mer des caraïbes aux époustouflants dégradés de bleus et verts, à se raconter nos vies, rêver de nos futurs, se livrer sur nos joies, nos peines. Buller sur ses plages paradisiaques de sable blanc bordées de palmiers, quasi désertiques, à El Cuyo et dans la réserve Maya de Tulum, en se désaltérant d'eau de noix de coco fraiche. Faire du bateau dans la mangrove à la recherche des crocodiles, à observer et jouer avec les cormorans et les pélicans qui venaient chercher dans nos mains les poissons que nous confiaient le guide. Grimper tout en haut des temples Mayas pour avoir une vision à 360 degrés sur les forêts vierges et redescendre la boule au ventre tant les marches sont à pic et étroites. Ecouter des heures les guides nous raconter le passé de ces peuples avant-gardistes en mathématiques, astronomie, hydrologie, agriculture, architecture. Marcher bras dessus bras dessous sur le ponton de Bacalar, tranquille ville bordant le lagon aux sept bleus.

Grégoire.

Grégoire, ce grand et bel homme de cinq ans mon cadet. Beau dedans et dehors. Grégoire et sa gentillesse. Grégoire et sa merveilleuse normalité. Son calme et sa constance en font un homme solide. Ses yeux noisette sont pétillants, et son sourire est éclatant et contagieux. Grégoire qui a pansé son passé sans le faire payer à personne. J'aime nos nombreux éclats de rire, sa joie, son humour, sa simplicité, son humilité, sa capacité à s'émerveiller, à ne pas juger trop vite tout en étant très intègre. Il me ressemble tellement ! Nous avons quelque chose de précieux en commun : les valeurs de base ! Et c'est tellement important ! Ça évite des disputes de points de vue sans fin. On se comprend à demi-mot, on échange en toute transparence, sans craindre le regard de l'autre, bien au contraire. Il y a une forme de tranquillité dans cette relation qui mène à la plénitude. Pas de montagnes russes. A la place, du respect, une façon identique d'envisager nos futurs. Son giron est ma plus belle destination. Chaque fois que je m'y blottis, j'ai ce joli vers qui trotte dans ma tête « Là, tout n'est qu'ordre et beauté, luxe, calme et volupté ». Aucun endroit au monde n'est plus beau à mes yeux. Où que je sois, il ouvre ses bras, je m'y love, et tout est meilleur. Oui c'est ça. Moi y compris. Cet homme m'aide à devenir la meilleure version de moi-même. Et je crois que la réciproque est vraie.

J'ai eu quelques consultations en visio avec mon psy qui m'a aidé à refaire confiance à un homme, à ne pas les condamner tous sur la base de mes mauvaises expériences passées.

Probablement que mon évolution m'a également permis d'éloigner les pervers qui ressentent qu'il n'y a plus de faille à exploiter. Ne pas leur laisser de prises, c'est être responsable de notre sécurité mentale et amoureuse. Les contraires s'attirent, mais ça ne peut pas durer dans le temps. Quand la vie est chaque jour un combat de valeurs, la lassitude prend vite le dessus. Je préfère de loin le concept du « qui se ressemble s'assemble ». Parce que ça n'est pas vrai que ça sclérose l'humain. On peut grandir ensemble, en douceur, et c'est tellement bon ! Je n'ai plus besoin d'un mentor, j'ai besoin d'un véritable compagnon. Et c'est ce qu'il est et ce qu'il propose.

Alors, de fil en aiguilles, j'ai démissionné, ouvert une agence de voyage avec Grégoire et ses amis, et… vois la pièce jointe ! Je compte sur toi !

Ta nièce Phoenix.

« Et puis un jour,
on rencontre une personne et on comprend
pourquoi ça n'a pas marché avec tou(te)s les autres.

Elisabeth et Grégoire ont le plaisir de vous inviter
à leur mariage,
le dix juin prochain,
au Mas des roses, dans les Alpilles françaises »

© 2024 Virginie Meunier
Édition : BoD · Books on Demand GmbH,
In de Tarpen 42, 22848 Norderstedt (Allemagne)
Impression : Libri Plureos GmbH,
Friedensallee 273, 22763 Hamburg (Allemagne)
ISBN : 978-2-3225-5664-9
Dépôt légal : Novembre 2024